光與暗之戰

2

月亮之戰

青森
文化

月亮
之戰

目 錄

第一章　　　水武士　　　　　　6

第二章　　　結盟　　　　　　22

第三章　　　回歸　　　　　　32

第四章　　　最可怕的生物　　52

第五章　　　世紀風暴　　　　64

第六章　　　與風激戰　　　　76

第七章　　　影子聯盟　　　　90

第八章	重聚	110
第九章	心之所繫	124
第十章	決裂	148
第十一章	決戰前夕	160
第十二章	復仇	172
第十三章	月亮之戰	182
第十四章	愛在危海末日時	194

第一章
水武士

　　遠古時期，宇宙有很多不同的種族，他們會互相攻擊，掠奪對方的資源，甚至把對方滅絕。但在眾多種族中，其中七個種族在宇宙中最為強盛，他們分別是龍族、蝠族、狼族、鷹族、熊族、蛇族和人類。這七族的首領都超凡出眾，一般生物只擁有五感，但他們卻擁有超乎所有生物的第七感，他們能提取宇宙中的力量，因此擁有著超乎常人的能力。

　　七個種族在這七位武士帶領下，成為了宇宙最強的種族，亦由於彼此的勢力相若，宇宙暫時得到了平衡及和平。這七位首領亦被稱為宇宙七武士。

　　這七位武士能從宇宙中的七種元素：水、火、土、風、雪、電、光中取得能量。龍族的水武士從海洋獲取力量、蝠族的火武士擁有火的力量、狼族的土武士能借取土地的力量，而熊族的寒武士、鷹族的風武士、蛇族的電武士就分別能借取寒冰的力量、風的力量和雷電的力量。至於人類的光武士就能借取光的能量。

　　七武士中，火武士、水武士、土武士和光武士的力量較強，其他三位就略遜一籌，但他們大致勢均力敵。所以七位武

士和七個種族令宇宙得到某程度的平衡。七族及其他各族之間的和平亦因此維持了很多年。但後來狼族慢慢壯大，到處侵略宇宙各個星球，又與蝠族和蛇族聯盟，勢力大增。眼看三族即將統治宇宙，光武士及時進化，打敗了各族的武士，令宇宙重新得到和平。

這和平又維持了一段長的時間，直至宇宙幽靈——暗魅出現。

暗魅不單止打敗了光武士，更打敗了其他六位武士，之後暗魅的能力更有所提升，各武士再難以與他匹敵。他縱容狼族，讓其侵略及屠殺相對人數較少又反對他的熊族，另一個反對他的龍族也差點慘遭滅族。宇宙中再沒有人有能力與他匹敵，也再沒有人膽敢挑戰他的統治。

此後暗魅選擇了一個星球用來展示他的戰利品，他在這個星球建立了一個動物園，也不知道他用了哪種方法，能令活捉回來的人的能力退化，然後再把被他征服的各族群中每個品種放在其中，以供他觀賞。這個動物園內珍藏了各族的生物，有蝙蝠、狼、熊、鷹、蛇，還有人類。只是龍族為對抗暗魅造成大量死傷，只剩下少數的龍族人在逃亡，暗魅未能活捉並放進他的動物園內。動物園內當然還包括宇宙其他各種少數民族。而這些在動物園內的種族，早已失去了原來的力量，就像家畜般被放置在動物園裡生活。

這宇宙動物園當然就是地球！

摩比就是熊族傳承下來的寒武士，而我就是上天揀選的人類光武士。這些都是摩比跟我說的。

對於暗魅這位宇宙幽靈來說，我的出現對他構成了威脅，所以他指令狼族來對付我，並且縱容狼族，容許他們侵略地球。面對這危機，我結束了我的訓練，與保羅和摩比出發去尋找盟友，也就是龍族的水武士。

於是我們會合仍在太空船的保羅，他們好像早就相識似的，也不用我多介紹。保羅本就是帶點神秘，但既然已確定他是一心幫助我的，其餘的事我也覺得不太重要。每個人都有自己的秘密，對我來說只要分清敵我就已經足夠，我對別人的事也從不深究，就像我也從不喜歡向人訴說自己的往事。其實在星球訓練時我曾多次用登陸船聯絡保羅，希望他也登陸星球，說我可以用靈力幫助他登陸，而摩比可調教冰洞內的溫度，足以讓他在惡劣的環境下生存。但他說不想騷擾我練習，他在太空船上生活得很好，叫我不用理會他。

我們會合後，輾轉經過數天的旅程，終於到達蟲洞。航程中，摩比仍不時改進我的武術，雖然這刻我的靈力和劍術已和摩比相差不遠，但我仍然可以從他的身上學到重要的東西，就是各種使用靈力的竅門。

龍族居住的星球叫 KP84C，由於離 TY571 達數光年（以光的速度也要行走一年時間的距離稱作光年），所以如果要短時間到達，就不能單靠地球研發的火箭引擎，而是要靠蟲洞。

蟲洞是一種神奇現象，將宇宙的不同空間連接起來，可以想像一張白紙的兩個對角本來相距極遠（相對紙張長度而言），但只要把它打斜對摺，兩點就能接合，距離就大大縮短了，這就正是蟲洞的神奇功能。只是蟲洞並不穩定，隨時都有坍塌的可能，所以想通過蟲洞，就要尋找適當的時機，在它穩定時穿越。

太空船駛到一個蟲洞口，眼前只見球狀的蟲洞，我有點驚訝，問保羅說：「為甚麼蟲洞不是管狀，而是球狀的？」

「因為當高維度（超越三維）的形狀投射到三維時，點的最大維度表述就正正是球狀。」保羅答。

我似懂非懂，但沒有再追問這個問題，「這蟲洞現在真的可以穿過嗎？」我問，穿越蟲洞對於我這個地球人來說是一個不可思議的經驗。

「當然，若不利用蟲洞，就趕不及在狼人侵襲前趕回地球。放心，挺安全的。」保羅說。

不久我們就穿過了蟲洞來到宇宙的另一端，然後再過了約一天航程，我們終於接近龍族聚居的星球。這是個甚為奇怪的星球，在地球上，大氣層是在上方，陸地和海洋都下方。但在這星球，主要的陸地還是在下面的，只是在大氣層之上竟然有流動的海洋，是海洋，而非雲海！而在這空中海洋之上又有大型的浮石，一塊塊的浮在海面上，甚至海洋中竟還有河流。這實在是一個非常奇異的景象。

保羅跟我說：「龍族人都是生活在海洋之中，所以精於借取海洋的力量。當然他們的海洋並不只包含我們地球人日常飲用的水，還有很多地球上沒有的元素。你在他們的海洋中還可以看到他們的「聖河」。說罷，保羅指向空中一大片像雲一樣漂浮著的海洋，遠看這海洋，真的有條河在其中流動。

　　「在海中竟然還有河？」

　　「是的，我不是說過他們的海洋並不只有水，還包含各種奇特的流體原素和化合物，它們各有不同的密度，所以他們的海洋不是單單一層，而是有多層的，就像你把火酒和油倒在水面上，它們也會漸漸分作三層。」

　　「即使這樣，若水不能流動，最多也不過是海中湖，怎麼會是河呢？」

　　「的確是河，這河首尾相連，河水還會不停流動。而且非常奇特，河水不會溢出海洋，海洋的水也不會滲進聖河。有一種神奇的物質在他們聖河之中流動著，讓河水除了能遮蓋靈力，亦能延續生命，所以這河水被龍族視為最神聖的東西。他們會在河中為初生的龍族嬰孩洗禮，而當他們的首領死後，又會把骨灰撒在聖河中，象徵生命源於聖河，終結時又回歸聖河！打個比喻，如果將這海洋比作一個心臟，這聖河就像一條主動脈！」

　　「如果聖河可以延續生命，那為甚麼龍族的人還是會死？還有，把骨灰撒在河中豈不是會污染聖河？」

「不是的，這河水只能短暫地延續生命，小則可能是數小時，最多也不過一星期。另外他們也只會把領袖的骨灰撒於聖河，聖河中雖然沒有魚，但有微生物會把骨灰消化分解。」

「那河水豈不是一種寶物？」

「當然是，所以狼族才會千方百計想要侵略這個星球。本來在狼族的侵襲下，龍族已逃離到別的星球，而這裡亦被狼族據為己有。只是狼族是狩獵的種族，這星球上林林種種的生物大多聚居在海洋之中，陸地上的生物反而不多。偏偏狼族又不曉飛，無法於海中狩獵。而且他們又過於自傲，自恃自己戰力非凡，從來都沒有倚靠或發展科技。除了要跨星際戰爭時用到太空戰艦，平時絕少使用，甚至輕視科技，認為弱者才要倚靠科技。狼族自始到終都只是原始的狩獵民族，由於難以捕捉海中的生物，最後他們還是捨這星球而去，而他們離去後，龍族就偷偷回來，雖然知道這很危險，但龍族始終無法捨棄他們的聖地。」

我點點頭，對這聖河和奇特的現象大感好奇。這些元素的確奇異，因為在地球上任何液體的密度都高於氣體元素的密度，所以地球上的海洋絕不會浮在天空上，天空上的雲雖然有水點霧氣，但亦不會聚合成海，若多了就會化作雨點灑落地上，而浮石更不可能漂浮在天空之上。我想如果地球的商人看到這樣的景象，必定千方百計要來此星球採礦，可以想像這種比氣體密度還要低的浮石和海水都肯定價值連城，更莫談聖河

中能延續生命的聖水。

　　保羅再次留在太空船，沒有跟隨我們登陸，因為這星球的環境雖然沒有 TY571 那麼極端，但也危機處處，有不少怪異的生物，而且還有一種恐怖的寄生生物。他說若他一起登陸，反而會令我分心照顧，因為只有我和摩比的靈力才能確保自身安全。於是我和摩比就準備登陸。臨行前保羅叮囑我一定要小心，我有點大惑不解，問：「不是要去見盟友嗎？」

　　「這刻還不是。」

　　原來我們來是嘗試結盟，而不是來會見盟友！

　　不久我們的登陸船已登陸在星球表面，這所謂的表面並不是這星球的陸地，而是空中海洋上的一片浮石，因在上空看來，這海洋連綿長達數十萬公里，差不多把所有陸地都覆蓋著，就是在太空中也難以看到海洋下的陸地。能近距離看到空中的海洋和浮石，我頗感興趣，但當然現在不是旅遊，增廣見聞的時候，反之我隱約感到前面危機重重。摩比想穿過海洋，登陸真正的陸地，但在這無盡的海洋上，這刻我們站在浮石上根本完全看不到盡頭，究竟要如何到達陸地，我實在摸不著頭腦。另外，摩比說這海洋足足有數千公里的厚度，他說海洋是龍族人的聖地，貿然穿過是極度危險。而且海中還有各種生物和猛獸，所以每走一步都必需謹慎小心。

　　海面上有多塊浮石，我們登陸的這片浮石似冰又似石，實在不知是由哪種物質組成。登陸船本來就不大，但降落後浮

石上的空間卻所餘無幾，起初我實在不明白為甚麼不選擇一塊較大的浮石登陸。但這刻，我就明白，我們在此登陸的原因正正是因為這浮石細小，所以移動起來時更為靈活輕巧，摩比用他的靈力控制它在海洋上任意移動。這海洋不時都會刮起大風浪，但這浮石就像一塊滑浪板，在摩比的控制下，在海洋上不斷漂移，就好像一葉輕舟在大海上漂浮一樣，就算風浪不斷，這葉輕舟仍能輕巧前進。

「我們要去哪裡？」

「在海上太危險！我在找尋旋渦！」

「旋渦！」我心想這豈不是更危險。

「旋渦是唯一通到地面的途徑，但它不會長久打開，並會不斷轉換地方。所以難以用太空船直接登陸，必須先停留在海洋上，再去尋找，找著就要把握那一瞬間進入的機會。」

「但旋渦不是海洋上最危險的嗎？」我忍不住問。

「的確有危險性，但這是唯一能通向陸地的途徑。在這星球要到達陸地才會較安全。在龍族人的海洋上會比在陸地危險十倍、一百倍！」我想不到此行竟然會危險重重。

突然摩比說：「就在那裡！」說著運用靈力把浮石急速駛過去。原來旋渦並不是地球上會令船隻掉入深海的那種，這裡的旋渦是氣旋渦，透過旋渦中心的洞口就可以直望萬里之下的地面，這的確是在這洋洋萬里的海洋中最適合到達地面的方法。

但就在此時，海上突然刮起軒然大波，不單是極大的浪，更有多條水龍捲徒然捲起，浮石在這大風浪中，看似瞬間就會傾覆沉沒。

眼看大浪從各方鋪天蓋地而至，我運起靈力築起保護罩保護我倆和浮石。摩比仍盡力控制浮石駛向旋渦。但眼前突然刮起一個高達十數公里的超級大浪，轉眼就把我們的浮石打翻。由於我已築起保護罩，所以我們就如一個小氣泡般打進了海中心一樣，瞬間幾股激流令我們的小氣泡急速旋轉，我不禁有點頭昏腦脹。這刻我們就像一只陀螺般急速旋轉，我想即使是地球上最強力的離心機也辦不到。若不是摩比用靈力把我們固定在保護罩氣泡中，我可能真的會昏厥。

四方八面的海浪一起沖來，擠壓我們的氣泡，我運盡靈力抵擋，卻感到保護罩快要支撐不住了。我本可以借取周遭一切事物的能量，但不知怎的，我在海裡全然不能借取海水的能量，甚至連海洋之外的事物也難以感應。我不知還能支撐多久，我期盼摩比運用靈力加入，強化我的保護罩。

哪知就在此時，摩比真的使用他的靈力，不過不是加強我的保護罩，而是在我的保護罩打開個缺口，由於事出突然，我的保護罩就被他的靈力突破了。這刻就像一個大氣球突然被擠破，氣壓從破口急擠排出，我們兩個就從破口急速射出。原來摩比看準有一個水龍捲在左近，就把我們射向水龍捲處。

瞬間我們已射到水龍捲處，水龍捲再把我們捲離海洋到了高空，亦即星球大氣的較外層。跟著摩比指著一個最近的旋渦

對我說：「跳！」我也來不及細想，就跟他一跳，穿過了旋渦，跟著急速墜落。

由萬多里高空直墜下來，下墜的速度越來越大，這次摩比築起防護罩保護我們，但我實在不知道防護罩是否足夠抵消下墜的巨大衝擊力。當我離開海洋後，我就感覺到我的力量霎時全部回來了。就在離地約三四百呎時，我突然突破防護罩的上方，提起激光劍在頭頂急速揮動旋轉，我一手拉著摩比，一邊急速揮劍，就像螺旋槳般急劇旋轉，因我明白防護罩並不一定能保護我們。我也運用靈力令氣流加速我們旋轉，果然在我揮劍急旋之下，我們下墜之力就大大減緩。然而急速旋轉令我有點頭暈，不過之前在海洋已經歷過一次，這刻我亦能適應下來。在接近地面時，我們利用靈力就能輕鬆著陸在地。

安全著陸後，摩比向我微微一笑。跟著他就利用激光斧在地上刻畫圖案，他在地上刻的圖畫非常大，就算身處在天空的海洋中想必也能看見。在他畫圖畫的時候，我望向天空的海洋，發現原來這海洋的底部竟然也有浮石，我也猶疑是否應改叫它沉石，因為它神奇之處是它連接於海洋的底部，但卻又在天空之上。而且更神奇的是在這些沉石上（正確來說是之下）生長著一顆顆的樹木，這些樹木單看一眼也沒有甚麼特別之處，只是倒轉掛著，攀附在空中的浮石（沉石）下。我想這些樹的根應有倒鈎以至它不會掉下來。但當我多看一會時就更覺詭異，因為我發現這些樹的樹桿竟然會移動，不是隨風飄動，

也不是不斷的移動，而是伺機而動。詭異的情景就是我看到空中有一隻像雀鳥的生物飛過樹下，突然被樹桿一把抓住，然後樹桿的頂端（或是倒轉後的底部）突然張開大口，把飛鳥吞吃。這竟然是食肉的大樹，我真的大開眼界。

我再望向海的深處，更是大吃一驚，海洋中的聖河，流動著的河水竟然是淡紅色的，這刻的聖河就像人的血管在體內流動一樣。藍海中有紅河，真的不可思議。但就在這時，摩比已畫完圖案。

我完全看不懂摩比刻畫了甚麼圖案。在他停筆後就問他這些圖案是甚麼意思。

摩比說：「這是龍族的文字。」

原來這就是龍族的文字。果然過了不久，就有一條龍從海洋飛到地面。這條龍不像西方的龍，而是似東方的龍。其實兩者的頭部都非常相近，亦同樣有角，最大的分別是西方的龍有翼，並且會噴火；東方的龍沒有翼，身形更修長，體形有點像蛇，亦不會噴火，雖然都會飛，但卻是活躍在水中。

不久這條龍已飛到我們面前，其實龍族和熊族也相若，保羅曾經對我說過，熊族人就像地球上的熊，只不過他們會雙腳行走，並且能手拿武器，當然能說話也能思考。熊族當中也有一些熊人不是全白，而是灰色和黑色的，只有某些部族的熊族人才是純白色的，就像地球上也有不同種族的人。而龍族人就像東方傳說中的龍，只不過也是能雙腳站立、手拿武器。傳說

東方的龍居於海，是水中之王；西方的龍則翱翔天際，其噴出之火無堅不摧。其實西方的龍就是龍族人和蝠族人的混種，因此有翼，亦會噴火。我們地球上東西方都各有傳說，古人能想像這些生物的形象，因為這不是出於他們的想像，而是我們的祖先的確曾見過，所以才能描繪出這樣的龍。

「卡卡迪達，很久不見了！」摩比對那龍族人說。

我一聽就知道眼前的就是龍族的水武士，因保羅早跟我提過他的名字。每族都只能有一位全能武士，奧利伊亞‧卡卡迪達正是龍族的全能武士。這種全能武士，每族都不可能有第二位，更莫說有三、四位，因為每當一位武士進化至接近成為全能武士時，就會窒礙其他武士吸取宇宙的靈力，抑制對手的第七感發展，繼而令兩者進化的差距越來越大，而彼此靈力的差距亦會漸遠，所以每族都可以有很多戰士（都懂得運用靈力的），但全能武士就只有一個，排第二位的戰士最終的能力只達到全能武士的八、九成。但這非全能武士刻意為之，全屬自然發生，至於為何會這樣？我當然不知道，摩比和保羅亦沒有跟我說，或許就連他們也不知道原因。

「你還有臉來見我。」卡卡迪達輕描淡寫地說。卡卡迪達說的不是地球的語言，但不知怎的，他的話語就像會鑽進我的腦中，每句我都能聽明白。原來靈力高的，即使不發一言，也能透過靈力互相溝通，所以語言不同亦無礙，不過靈力溝通一般是單對單，除非卡卡迪達同時向兩人說話，否則摩比也不知

道卡卡迪達和我說了甚麼。而摩比卻懂得多族語言，為了遷就我，就常用地球的語言跟我說話。

「我來就是要把這條命償還給你！」

我聽後立時心感不妙，說是來找盟友，哪知原來不單止未結盟，竟還是敵人？我們來並不是尋找同盟，而是為所結的怨償命？

「哼！」

「我對不起你，但為了我的族人，我實在迫不得已！我這條命本來早該償還予你，但在這之前，我必需先完成一事。」摩比繼續說。

「那你還敢來這裡送死！」卡卡迪達冷冷的說。

「只要你再幫我一件事，我就會安然送上我的性命，任由宰割。」

「不論是甚麼事，我也不感興趣，但你的命當然要留下。」

「不！這事你必定會感興趣的，就是向暗魅報仇！」

「少發夢！如果你我聯手能打敗暗魅，我們還會落得現在的下場？」

「你我聯手的確不可以，但再加上他就或許可以！」說罷指向我。

我大感尷尬，完全沒有預料到他會這麼說。我連忙搖頭說：「其實我不太清楚暗魅是誰，只知道他是個極厲害的人，

也是宇宙的統治者。我當然也絕對不是他的對手！」而我亦沒有興趣聯手對抗暗魅。

卡卡迪達沒有理會我的話，而是不斷打量我：「想不到過了這麼久，人類會再次有光武士，不過在我看來，他離全能光武士的極致還差甚遠！」

「的確還有些少距離，但已相當接近，你可以試試他。」摩比說。

我慌忙搖手，我對摩比的吹噓渾身不自在，剛想表示自己並非他的對手，但尚未開口，摩比就用手勢止住了我，並同時用靈力跟我說：「信我！暫時不要說話。」他再向卡卡迪達說：「我跟你打一個賭！」

「打甚麼賭？」

「你若打敗他，他就掉頭走，我就留下我的性命給你！但若他打敗了你，你必需幫助我們對抗暗魅。事成後我的命仍歸你！有膽量應戰嗎？」

那我呢？摩比好像完全沒有理會我，更莫說諮詢我的意願。我剛想反對，他再次揮手制止我說話。我只能一臉無奈，不禁於心內自問，究竟我要被騙多少次？現在還要勉強我出戰，我實在感到有點委屈。只不過經過這麼多的訓練，我也有興趣知道我和負有盛名的水武士實力差距究竟有多遠，所以這刻心內禁不住不斷思考若真與卡卡迪達對戰應如何應對。

「如何？」

「我根本沒興趣跟你打賭！只是我也想看看人類的光武士究竟有多厲害。好吧！你就試試打敗我。」卡卡迪達望著我說。

卡卡迪達說完，摩比就把我拉過一旁說：「你必須打敗他，龍族會是我們最有力的盟友，無論你是想要救地球，或是只想為母親報仇，這個盟友也絕不能少！如果你此刻退縮，現在大可離開，我絕不會阻攔，但報仇的事以後也不要再提，我和保羅亦不會再幫助你。」

這話既像威迫，也像利誘，但我一心為母報仇，也想試一試自己的實力，心中躍躍欲試。但這是賭命的戰鬥，我可不願為摩比的性命負責。

摩比就猜到我的想法，說：「你不用為我的性命負責！這是我和他之間的恩怨。你只要打敗他，達成你復仇的願望就可以，其他的一切，你不用多想。難道你不想復仇嗎？」

復仇是我這刻唯一的目標，我不再多想，但還是向摩比說出了我的心底話：「我要如何才能打敗他呢？」

「謹記我所教你的，只要不落入水中，再伺機行事，你就會有一定的機會！」

第二章
結盟

　　我對拯救地球不甚了了，但仇恨和憤怒卻一直是我的生存動力，只要想到母親，我心裡就有無比勇氣。這刻我雖然自覺全無勝算，但還是鼓足勇氣、一無所懼、竭力為之。

　　龍族水武士用的武器是藍色激光鞭，我們日常所見的光線都是直線前進的，但愛因斯坦告訴我們，光線會被星體這樣巨大的重力影響而變成曲線前進。只是這一條沒有甚麼重量的激光鞭竟能令光線彎曲，我猜想這條激光鞭應該是用了些特殊的反射及折射裝置，才能令激光捲曲成鞭的。但這還不是它最特別之處，它最特別之處是可以捲曲成一個激光大圓盾。當它捲曲時，鞭的手柄會放在中間成為盾牌的手柄，然後鞭會由中間向外一圈圈的捲曲，形成一個大圓盾。摩比說宇宙中的武器都不能打破這個盾，看來這既能攻又能守的激光鞭實在是一個非常厲害的武器。

　　我還未擺好陣式，卡卡迪達就攻過來，我完全沒想過他說打就打。由於失了先機，霎時就落於下風，一直被他壓著來打。卡卡迪達把激光鞭使得如風似雪，攻勢猶像狂風落葉，我急忙揮動激光劍擋格，但在他猛烈的攻擊之下，連一口氣也喘

不過來。我苦苦支撐著，連勉力反擊的機會也沒有，實在不知道還能堅持多久，落敗看來難以避免。但就在此時，摩比突然走到卡卡迪達身後，亮起他的激光斧揮舞。

卡卡迪達立時轉身，對他說：「想兩個打我一個嗎？也不打緊，放馬過來就可以！」

「當然不是，我們豈會兩個打你一個！」摩比說：「只是剛剛有隻討厭的鐮刀鳥飛過，我只想把牠趕走吧！」說著向遠處天空一指，好像真的有雀鳥在飛。摩比所說的鐮刀鳥是當地特有的生物，身軀和地球上一般的鷹相近，只是除了兩爪，鳥翼的頂端還長出一對如螳螂的鐮刀前臂，用以捕殺獵物，是一種非常兇猛的生物。

我和卡卡迪達都知道他在說假，但就是這樣稍為停頓一下，我終於能喘一口氣，而且在首輪攻勢後，我開始對他的進攻招數略有認識。當卡卡迪達再次進攻時，我沉穩應戰，不勉強自己反擊，而是全力運劍防守。一心想看清他的打法和威力再進攻，由於已緩過氣來，再加上專注防守，一時間卡卡迪達竟也不能奈我如何。

這時我倆一個主攻、一個主守，成了僵持之勢，我把這個月來所學的，以及摩比和我對練的經驗都發揮至淋漓盡致，把激光劍耍得滴水不漏。其實我答應接戰，除了為了復仇，也希望測試一下自己的實力。這刻透過激戰，我的靈力和劍術竟在不知不覺間都有所提升，這可能就是所謂「寓賽於操」，透過

實戰不斷提升戰鬥力。而我有種遇強越強的特質，原本我和卡卡迪達的實力可能還有相當的差距，但這刻我把我的第七感、戰鬥力提升至極致，恰恰和卡卡迪達打得旗鼓相當。當然我已是全力施為，而水武士卻是留有餘力。但能和水武士打成平手也令我相當鼓舞。

若果我堅持只守不攻，而卡卡迪達又不冒進。這種僵持的狀態看來可能要打上數天，甚至數星期。但不知怎的，卡卡迪達突然失足，我立刻把握這千載難逢的機會，轉守為攻，刺、斬、砍，以不同的招式不斷的揮劍狂攻。戰情立時反轉，卡卡迪達唯有轉攻為守，把鞭回捲成盾，這激光盾果然是非凡之物，完全無隙可尋。但我難得能轉守為攻，當然不會輕易放過這機會，仍不斷的強攻。我不斷變招也無法攻入，故又轉為鬥快，一劍比一劍快，旁人用肉眼根本看不清我如何出劍。我出劍能如此之快，除了這刻的體質已遠超常人，更是仗著用手腕使劍，而不是手臂使劍。如要揮劍斬劈，就必需使用手臂。但如果只運劍急刺，我只需抖動手腕，一瞬間就能刺出多劍。

卡卡迪達的激光盾確是堅固，但執盾的他易守難攻，這樣我就穩佔上風。而且我的劍比他的盾靈巧，我不斷嘗試以劍繞過他的盾，眼看我的劍快要攻入卡卡迪達的鞭盾，他突然一躍而起，直衝雲霄，這刻他的下方就出現了破綻。

我見機不可失，立時急躍追上。摩比急叫：「小心！」

但就在我接近他的時候，他突然化盾為鞭，把激光鞭向我

抽來，我自然的舉劍格開，哪知他這鞭並不是要向我攻擊，而是以他的鞭將我的劍裹纏著，然後一把將我甩向海洋。他這一甩的力度非同小可，我直飛至高空中千里之上，原來他刻意示弱只是個圈套，想騙我追近至天空的海洋，然後伺機把我甩入海洋中。但海洋離地達萬里之遙，就算他這一擲如何力大，又怎能飛越萬里呢？哪知我還離海洋尚遠時，突然間落下傾盤大雨來，霎時四周都是雨水。而且這雨奇特異常，一部分是從海洋向下灑，另一些竟是從地上向上灑的，因為海洋內的水化成雨會向下灑，但部分的雨還未落到地上，又會轉而向上灑回海洋。

正當我以為我會從空中墮下之際，卡卡迪達再度重施故技，同樣以鞭一捲一甩，把我再擲上千里之上。本來我這次已有所準備，他要把我擲入海洋，並不容易。但不知怎的，四周的雨水令我靈力銳減，我竟然避不過他一擲再擲，不過四五次，就被卡卡迪達擲入海洋中。

一落入海洋我就心知不妙，我的口鼻入水，呼吸困難，立時想逃出海洋。但這時一張龐然大口竟然向我噬來，我來不及多想，連忙把激光劍急耍，一下子把面前的龐然大物的兩顆巨牙砍了下來，那龐然大物受了傷後，就掉頭走開了。我這時才發現這龐然大物有點像地球上的史前生物——滄龍，我實在不知道牠是甚麼生物，或許這就是舊約聖經中約伯記的利維坦（Leviathan）（或譯作鱷魚），又或是北歐神話的耶夢加得

（Jormungandr），我就暫且叫牠作滄龍吧！我還在擔心在水中會窒息，但就只一刻間，竟然已能重新呼吸，我大惑不解，卻不知道在這短短時間，我已進化了，耳後、腋下、背後也長出了鰓，而水中有氧氣，鰓令我能在水中呼吸。

這時卡卡迪達已到了水中，但他沒有立刻攻擊，反而靜看我如何對抗滄龍。滄龍被我擊退後，轉瞬又再重新向我游過來，似乎誓要把我吃進肚裡才肯罷休。我揮動激光劍嚇阻滄龍，滄龍剛吃過激光劍的苦頭，果真不敢游近，但我心想這也不是辦法，卡卡迪達在一旁伺機，這樣打下去，這場戰役我必輸無疑。

這時我回想到保羅的話，所有全能武士都能與萬物連結、控制及借取其能量。但人類的光武士與其他六位武士有所不同，光武士能控制生物的心靈。我此前一直沒試過，這時突然想起，雖或許有點冒險，但危急關頭，我也不作多想，立刻嘗試。

我運用第七感與滄龍連接，想控制牠停止攻擊。但要控制生物而不是死物，就要看那生物的力量有多強大，如果那生物的力量強大，要控制牠就絕不容易，就如同麻醉大象所要的麻醉藥遠比麻醉狗隻的多。我這能力才初次使用，如何能控制這力量強大的生物呢？但縱然如此，我的靈力對牠還是起了作用，此刻滄龍已暫停攻擊，在我四周游走，似是轉而觀察我這獵物。

在這困局下，我突然看到遠處有一大群不知名小魚，我靈機一動，就運用靈力想要控制小魚群游過來。果然小魚容易控制得多，但由於數目極多，能否一次過控制全部，又是另一個疑問。但幸好的是當前面一小束小魚群被我控制游來時，其他的小魚竟也一起跟著來。不一會小魚群就把我包圍，看來這些小魚都是群體活動的，我只控制了一小批，另一些就都跟隨加入。但這刻魚群的數目還是不夠多，我再控制左近的魚群不斷加入。就這樣，我和魚群漸漸變作了一條超級大魚。果然這是自然界的定律，生物都不會貿然攻擊比自己更大的生物，眼前這龐然大物，雖然力量強大，但智慧明顯不太高，輕易被我騙倒，最後這滄龍就捨我遠去。這刻我望向身邊的小魚，不禁嚇了一跳，莫要以為這些只是普通小魚，沒有殺傷力。原來每條小魚都滿口尖牙，就像在亞馬遜河裡的食人鯧一樣，我想只要給牠咬一口，就即時血流如注，如給一群咬上，定然會喪命。我也不知道地球上的淡水魚為何會出現在這片海洋，也無暇深究。我急忙控制這些小魚，讓牠們離我而去，我捏了一把冷汗，幸好我能控制這群小魚。

瞥眼間，我見卡卡迪達面露奇異目光。同時我望了一眼海洋，原來這海洋的遠處竟然還有很多別的生物。除了還有別的龍族人在觀戰，還有各種各樣的海洋生物，當然其中部分生物是在地球上從沒有見過的。

就只一刻間，水武士已重新攻擊，激光鞭從四方八面攻

擊過來，而且即使在海中，其揮鞭的速度竟然也沒有大減。我驚訝之餘，不知怎的，更自覺自身的力量減弱，我固然無法從海洋提取力量，更因海水包裹著我，難以穿過海水借取外間的力量，更重要的是深海頗為陰暗，光線不多，也就令我變得虛弱。

我又再次落入快敗的局面中，但就在此時突然有光線透射進海洋來，我的力量突然倍增，又能勉力支撐下去。原來摩比竟然在地上燃點了一大片山火，霎時火光紅紅，照射入水中。

看到自己星球的一大片林木被燒，卡卡迪達大怒。他立時用靈力把水化成豪雨灑到地面。在這大雨狂灑之下，山火很快就熄滅了。

但就在他分心救火之際，我已突破了水面，跳到水面一大塊浮石上。

卡卡迪達跟著也跳上來。

「在這裡我們兩人都不吃虧，就在這裡決一勝負吧！」我說。這裡腳下有他的力量泉源——水，而上面就有我的力量泉源——光。

「好！我們就公平的比試一場。」

於是他又舉鞭向我攻來，我連忙揮劍格開，這時我已漸漸熟悉他的招數，不再只顧防守，而是攻守兼備。兩人又再激戰在一起，一時間鬥得難解難分。

突然間月光掩照，原來這刻竟正是新月，我內心不禁佩服

摩比，一切都在他計算之內，因為在這星球上，雖然只有一個太陽，但卻一共有五個月亮。這刻太陽還未日落，但兩個月亮已高升，再加上較近那月亮這刻正正是滿月，它們所反射的光線令我力量大增。

卡卡迪達見我力量越來越強，就刮起一個又一個的巨浪，每個都達數百尺之高，直撲向我，我用激光劍急忙在浮石上砍了兩劍，把大浮石砍開，令腳下的浮石變成像滑浪板的形狀。然後運用靈力，連人帶石浮板跳過了面前一個巨浪，再輕巧的滑在水面上，這一躍相信可能已躍過了數百尺，如果參與奧運的滑浪比賽，這一跳肯定已為我贏得了一面金牌。

卡卡迪達催動海浪，一個又一個的迎面撲來，後來的更達到數十公里之高，我連環躍動一一跳過了，但可惜最後一次還是被巨浪打中，立時被捲入海中，卡卡迪達也同時跳入海中。

決勝負的時候到了，就在卡卡迪達把激光鞭急舞，我看著藍光點點從四方八面向我攻來之時，突然把我的黃色激光劍換作了紫色，霎時間氣溫急速下降，瞬間已到了攝氏負數十多度，身邊的海水全數結冰，在結冰前我用靈力把身邊的海水逼退，留下空間。卡卡迪達霎時為之大愕，也用靈力將他身邊的水保持液態，不至被冰封。但由於在他附近的水已全結冰，使他的力量大減。若他手中的鞭並非激光鞭，肯定亦被冰封，而海水結冰使他揮鞭的速度大幅減慢。

此刻我拼盡全力，一劍向他直刺，果然突破了他的鞭網，

一劍刺到他的心口，在劍剛要刺中之際，我就停了下來。

　　其實我只是以其人之道還以其人之身，當初他刻意示弱把我拉到水中，這刻我也刻意跳不過巨浪，而掉入水中，為的是要施展摩比所教的絕招，殺他個措手不及。摩比為了讓我能夠打敗卡卡迪達，早已把他的絕學傾囊相授。雖然我不能把溫度降至絕對零度，但零下數十度已足夠令周邊的水盡數結冰。當我突破他的鞭網後，我就有把握會得手，因為鞭長劍短，在近身打鬥，我會有絕對優勢。而且我這劍刺得極快，卡卡迪達已不能把鞭回捲作盾了。

　　果然我一劍得手，但哪知就在同時，卡卡迪達的鞭竟從外圍拐了個彎，倒刺到我背後，而且本來鞭是軟身的，但他竟用靈力使之撐得筆直，此刻就像一個大鐵鉤般倒指向我背部，但他也同時止住。

　　如果我把劍挺進，他也會把鞭回鉤，落得個兩敗俱傷，不竟最後我們還是打個平手。

　　卡卡迪達突然把鞭撤了，再用靈力把冰破開，還把周邊的水撤開，我倆就直墜下去。

　　距離地面數百尺時，我再次揮劍如螺旋槳，減慢下墜速度，安然著地。而卡卡迪達是會飛的，我看著不禁有點羨慕。

　　「這小子有點意思！即使我們打成平手也算你贏！我會和你們一起去對付暗魅，至於我們之間的帳之後再算。」卡卡迪達對摩比說。跟著他對我打量片刻，然後用靈力在我腦內說：「你準備好了嗎？」

我呆了一呆，不知如何回答。我根本從沒想過要對抗暗魅，如果真的要面對，我也不知道自己究竟準備好了沒有。

　　不過他沒等我回答，就伸手和摩比兩手相擊，我們就這樣結盟了。

第三章
回歸

　　卡卡迪達認輸，並不是被我的力量壓倒。縱然我使詐，得了先機，最後也只能落得兩敗俱傷的局面。而且戰鬥中我已盡全力，他還游刃有餘。全宇宙中能打敗他的只有暗魅，而蝠族和狼族的全能武士，也只能和他打成平手。而他願意認輸，因為對他來說，重點不是勝負，而是他看到了希望——復仇的希望。

　　原來暗魅統治全宇宙，為使狼族為他效力，他會縱容狼族任意擄掠其他星球，特別那些沒有歸順暗魅的種族。狼族自古與熊族有仇，所以首先就去侵略熊族，意圖把他們滅絕。而在熊族最危困的時候，龍族來到並施以援手，打退了狼族。熊族雖然被屠殺，但不少族人仍得以生存下來，只是自此要離開本來的居處，隱居別的星球。

　　狼族當然不甘心，就在暗魅的允許下，聯同蛇族和鷹族再次進行侵略，不過這次的對象不是熊族，而是龍族。但這次熊族竟然沒有回報來援，結果龍族獨自面對三族圍攻，死傷枕藉，僅僅避過了滅族，但就同樣失去了自己的星球，要遠走避難。直至狼族撤走後，才偷偷的回到自己的星球，只不過龍族人口已由原本的近八千萬剩下了不足五百萬。

龍族和熊族就此結仇。其實熊族當時實有苦衷，因摩比收到錯誤的情報，以為狼族、蝠族和蛇族會兵分兩路分別侵襲龍族和熊族，摩比情義兩難，要在自己族群和信義之間作出抉擇。作為熊族的全能武士，他最終只能選擇顧全己族之安危，帶著族人逃難，亦因此沒有第一時間回援。及後他知悉情報錯誤，內心極度懊悔，但可惜已恨錯難返。

結盟後，奧利伊亞‧卡卡迪達讓我們在星球暫住數天，他要和族人商量結盟之後的行動。只見龍族人對摩比都投以仇恨的眼光，亦有不少異議聲音，但既然他們的領袖卡卡迪達已答應結盟，大家就算感到憤怒，最終也決定服從，也不會私自報復摩比。

龍族雖答應合作，但不願招待我倆，所以當晚我們也只能席地而睡。我本想睡在綠悠悠的草地上，只是摩比說那些是食蟲草，會分泌黏液把昆蟲黏著，再捲曲包裹昆蟲，然後再分泌消化液把昆蟲消化。我聽著有點心寒，覺得這星球危機處處，越漂亮的東西就越危險。摩比看到就說：「你也不用害怕，以你的身型體積，就是在食蟲草上睡足一星期，也不可能把你消化，只是它們的分泌會令你的皮膚癢癢的，還是不接觸為妙！」於是我們就在海洋底下的乾地睡下來。

夜裡，我們睡在星球的大地上，作為光武士和寒武士，根本不用懼怕野地的普通野獸。我躺在地上望向上空，看著空中的海洋在流動，月亮透過海洋滲出淡淡藍光，既美麗，亦詭秘。突然間大感詫異，起初我以為自己看到的光點都是點點星

光，卻原來不是。在日間因陽光猛烈照射，我完全看不到這景象，但在夜裡我就見到海洋中竟有很多發光的生物，有綠螢光的、黃螢光的，更神奇的竟是有紅螢光的生物。海洋之所以是藍色，因為白光透過海洋時會散射成七種顏色的光，但只有藍光這些短波有足夠的能量，能穿透海洋較深處或反射到我們眼中，紅光這些長波則會被水吸收，所以深海都是藍色的。

　　想不到夜裡的海洋充滿了夢幻生機。當我再定睛一看，更是驚奇，原來所看到的螢光生物當中竟然有不少是水母，雖然不少海中的生物都發光，但水母卻是特別光亮。而且這些水母並不是地球常見的那麼細小，最大的我想可能比地球上的鯨魚還要大。還有當我望向聖河時，河的顏色竟由白日的淡紅色轉為淡綠色，日裡就像人的動脈，夜裡就像是靜脈。我知道在地球上，有些湖海因生長了不同的藻類，會展現不同的顏色，綠色的藻固然常見，但有些藻類有蝦紅素，會展現獨特的紅色。這條聖河為何會變色，到底與藻類有關或是其他生物造成，我實在不知道，看著看著，我禁不住驚奇的「啊」了一聲。

　　摩比閉著眼，但彷彿知道我在想甚麼似的，「紅色的生物比綠色的生物更危險，莫要以體積大小去判斷，因這裡細小的生物或會更快捷、更兇猛，而且往往有劇毒。當中超大水母的劇毒又比魚龍更為厲害，總之這大海即使是我，也不敢亂闖。你今天用我所教的招數勉強和卡卡迪達打成平手，皆因你突然殺他個措手不及，而他的靈力在你之上，若他早有準備，你絕

不容易把周遭的水結冰。總之今天你表現得很好，我們也總算達到此行的目的，你也離復仇成功不遠了。」

聽到復仇在望，我暗自高興。轉眼又被這條聖河裡的事物所吸引，嘖嘖稱奇，眼前的一個奇景又再佔據了我的視線。原來在大海的遠端竟有一條大瀑布，其實這瀑布非常大，只不過它在極遠處，我之前並沒有留意到。而這條瀑布之奇是因為水流向上，而不是我們常見的向下流。水向上流，我當然是第一次見，但既然海洋能浮在天空，水向上流亦不算奇怪吧！

我不禁好奇問摩比：「水不斷的從地表向上流，那麼星球的水不是全都到了天空中嗎？」

「不是的！水雖然都向上流，但海中生物死後腐爛溶於水中後，會令水的密度變高，然後就會像雨點灑回大地。另外在寒冷的日子，水會變成冰晶，也會灑回大地，所以地表的生物也會找到水源。但你莫看這遠方的瀑布厚度才只數公里，其實內裡有一種可怕的巨大生物，會沿著瀑布上游伺機捕獵，很多從瀑布上游的生物都逃不出牠的虎口！時候不早了，還是早點睡吧！」

「為甚麼你會對這片海洋的生物有這麼深的認識？」我禁不住問。

摩比頓了一頓，緩緩的說：「因為我從前經常和卡卡迪達睡在這裡，他就睡在你現在的位置，你剛剛問過的問題，我也曾問過。」由於我倆都是躺著，我沒有看到摩比的表情，但任誰也能聽出他話中的語氣包含了無盡的哀傷和懊悔。想來摩

比和卡卡迪達的確曾經是好友，並經常在此結伴，只不過昨日親，今天仇，兩人的關係已非往昔可比，我聽著實在不好意思再問下去。

我對這片大海著實感到好奇，黃色、藍色、綠色、紅色的，就像點點星光，煞是好看。看著這些星光，想著摩比和卡卡迪達的恩怨，我不禁惚惚睡去。

但平靜只維持了一日，卡卡迪達翌日來找我們，說：「你們要立刻返回地球，我剛收到情報，狼族會大舉侵略地球，雖然他們備戰需要時間，但我想也不會超過兩個月。你們先回去，既然已經結盟，我會稍後支援你們，不過我還要先說服我的族人。但你們放心，我保證能夠說服他們的！」原來卡卡迪達的部分族人始終反對與摩比結盟，但這事只能交予卡卡迪達處理。

於是我和摩比回到太空船會合保羅，然後一起趕回地球。

回到太空船後，摩比一直表現沉默，我實在不知要如何安慰他。不知何解，保羅同樣的沉默，我只好讓他們自己冷靜一下。雖然我沒有出賣別人的經驗，但這卻令我想起咸美頓。咸美頓曾跟我分享過一件往事，他自從殺了地主後，就帶著偉特一起偷竊渡日，兩人雖然身手、能力不同，但卻成為伙伴，互相依靠。

一天咸美頓帶著偉特潛到一個有錢人家裡偷竊，卻被那人的手下發現了，而偉特本就膽小，被發現後，逃走時竟然雙腿發軟，走不動。咸美頓為免束手被擒，就丟下偉特，獨自逃走。

偉特則被抓住，被人毒打及禁閉。其實咸美頓亦偶爾會嫌棄偉特礙手礙腳，想過對他置之不理，但逃回家後，一直心感不安，所以冒了極大的風險，再次潛進大宅。雖然最後也成功救回偉特，但卻受了很重的傷，要休養數月才完全康復。自此，偉特就一直追隨著他。咸美頓跟我分享時說，若當時沒有回去救偉特，他會抱憾終身。雖然那次差點要了他的命，也為他身上帶來兩條長長的刀疤，但現在他每次摸著這兩條刀疤時，也興幸自己沒有捨棄朋友。

想起咸美頓和偉特，當晚再難以入眠，特別是媽媽和偉特的死狀在我閉上眼後，就會在腦海不斷浮現，叫我痛得撕心裂肺。我不再勉強自己去睡，就從臥室走去太空船的駕駛倉，又看到保羅靜坐在駕駛倉中呆呆的看著那張照片，手中還握有一部舊式電話。這次我真的再也忍不住，我走到他身邊坐下，想要直接的問，但我終是抑壓住我的好奇心，沒有問他那張照片的事，畢竟這始終是他的私事。我問：「你究竟是甚麼身份？為甚麼一再幫助我？你又為甚麼知道這麼多事情？」

在 KP84C 這星球上，我一而再，再而三有被騙的感覺，儘管我相信保羅對我絕無惡意，但我實在不可以再在這一知半解的情況下和他們相處。

保羅頓了頓，收起了相片：「這也是時候了，讓我告訴你吧。」

他緩緩的繼續說：「我是來自地球的保衛者，地球保衛者是在很久以前由光武士所建立的，他知道暗魅的力量會越來越

強大，自己亦難以繼續壓制他。而且他擔心自己一旦死去，就再沒有人能對抗暗魅。」

「於是他成立了地球保衛者，全部成員都是自願加入，並接受了基因改造，而我更配備了納米血和機械裝置。我們的存在是為了將記憶保存下來，也是為了尋找有機會進化的人類，幫助他們進化，確保新一位的光武士會出現，能繼續對抗暗魅。而我當然就是其中一位保衛者。」

「那你為甚麼會加入？」

「在危難時，總需要有人挺身而出，我也只是希望盡一點力，保衛地球。對抗暗魅的責任始終在你，而非我！至於你願不願意，也只能按你的意願，我也不能強迫你！」

我默然，除了報仇，其他事我都不太關心，亦提不起勁。我也知道這樣的自己太過自私，比起保羅更是不如，但這些我都不管，反正這個世界不曾為我做過甚麼，我也沒有虧欠這個世界，犯不著為地球拼命。

保羅看懂我的表情，說：「我們也不要為這事爭論，船到橋頭自然直，而且我也希望你能為母報仇！」

我也不再多問保羅的背景，轉而問如何能找到殺死我媽媽的狼人，保羅說若我能擒下土武士，自然就能找到兇手。我既已有明確目標，也就回到艙房內休息。

不多日，我們終於回到地球。

我不願意承擔保衛地球的責任，但要我看著地球滅亡，甚麼也不做，我也有點於心不忍。於是我想到最好的方法就是去

警戒各國，我不保衛地球，但他們可以，只要他們有預先防備就好。儘管我的性格有點隨意輕率，但我並不愚蠢，我實在不知道可以從何入手去說服別人。我想如果我告訴別人有外星狼人會侵襲地球，我肯定會被當作精神失常。若果我帶著這個會說話，會以雙腳行走，並手握武器的北極熊到聯合國說話，就更肯定會被當作怪物般被圍捕。至於我黃血人的身份更是絕不能說出，否則又會被抓去做實驗品。

　　但我想不到更好的辦法，最後我還是選擇聽從保羅的意見，用最直接的方法，就是到聯合國告訴他們危機已逼在眉睫。只是在出發前，我向保羅說我要先易容，問他有沒有好的易容方法。因我是通緝犯、竊匪首領，加上我爸爸是殺人犯，我的身份只會令事件節外生枝。然後保羅就拿了幾塊像真度極高的仿真人皮面具出來，應該是用 3D 打印機列印出來的，但這並不是簡單的膠皮面具，而是加了神經細胞的人皮面具，據說一般是極昂貴的整容手術所用的。這張面具因加上神經細胞，能與人臉緩緩融合，原本是設計出來用於整容的，不過因為極昂貴，所以只有富人能採用。但卻被某些地方的叛軍偷取，並用來易容以避過政府的監察。這面具如果只戴兩三天，和一般面具沒有分別，可以輕鬆脫落，回復本來面容。但若然連續戴四五天就會慢慢與皮膚融合，連續戴滿一星期就不能逆轉，會永久易容。這面具可隨著我真實的表情而改變外觀，這種面具做得很細緻，一般的檢查實在難以發現。而且這面具更裝有電極裝置，加以強大電極更可以由一個樣貌變成另一個樣

貌。

　　然後我和保羅都易了容，直接去到市政府總部，告訴別人狼人大軍會從外星侵襲地球。為免引起騷動，我把摩比留在隱蔽的地方，只有我和保羅兩人去說服眾人，果然我們真的被當作精神失常，還被他們以搗亂的名義圍捕。如果我不是有異能，恐怕這刻已被他們拘禁在精神病院。經過這次預習後，我和保羅就改去聯合國，嘗試說服他們。這時的紐約經過人機大戰後還沒有完全重建，但大部分已回復舊觀，被破壞的聯合國總部都已完成修復的工作。我們嘗試闖入聯合國，果然不出所料，我們還沒見到各國代表就同樣被當作搗亂者圍捕。當然若我們大開殺戒，軍警都不是我和保羅的對手，絕對沒有人可以攔阻我們，但我來的目的是預警，怎麼可以尚未保衛地球，就先大開殺戒呢？

　　於是我改變主意，放棄在聯合國說服各國，轉而去了電視台，這次卻帶著摩比同去。就在他們的新聞時段，直接佔據了直播時段，說明了外星的狼人大軍將至，地球危在旦夕。雖然直播的後段被電視台終止了，轉去播影其它新聞片段，但我們的訊息大部分還是被直播出街。而我們就在被警方圍捕前逃之夭夭。

　　本來之前兩次圍捕都得不到關注，但這次的電視片段在網絡上廣泛流傳，立刻引起了很大回響，整個地球都彌漫著恐慌的氣氛，雖然也有人認為這是電視台的惡作劇，也有說摩比只是電視台的電腦特技，但還是令社會產生了很大的激盪，在輿

論的壓力下，政府最終在電視廣播邀請我們到聯合國向各國的領袖說明事件的始末。

我和摩比終於站到台前，準備發言。

「請說出你的姓名。」來自德國的主席問。

因我還是個通緝犯，我只是想通報敵情，叫各國好好準備，並不打算惹上任何麻煩。

「彼得。」這是我進入大堂前，看到掛在走廊那幅掛畫的畫家名字。

「我來是要警告大家，外星的狼族要來侵襲地球，希望大家好好準備防禦！」我單刀直入說。

「你是哪一個國籍的？」美國的代表問。

我沒想到大難當前，竟然得到這樣一個回應。

「快回答，你是不是美籍的？是誰叫你在這裡妖言惑眾的？」俄羅斯的代表更急切。

我呆下來，不知道應如何作答，也不知道如實作答或胡亂作答會帶來甚麼後果。

「你是哪一國派來的間諜？你身邊是甚麼怪物？你用的又是甚麼武器？是激光劍嗎？」中國的代表終於加入。

跟著大堂一片混亂，各國代表爭吵不絕，甚至出現了互相指罵的情況。

我忽然明白，原來這大堂內所有人最關心的不是地球的安危，而是他們眼前所看到的那把激光劍，這看來像是外星科技，並且他們希望知道我的超能力究竟會為哪一國效力及擁

有。

「月球人！我是月球人！」在一片爭吵聲中，我突然大聲回答，我的聲音足夠響亮到大家都能聽清楚。

「那即是美籍或中國籍吧！」俄羅斯代表立即說。因月球上只有中、美、俄三個殖民區，而我沒考慮這一點，我的回答本想平息紛爭，但卻惹來更激烈的爭論。

我不再回答他們的問題，只大聲說：「外星的狼族人不出一個月就會侵襲地球。地球現在面臨極大危險，請大家好好防備。」說罷我就拉著摩比，離開大堂。

「截住他們！」各國的代表大叫。保安一擁而上，我也不使用激光劍，只用靈力把他們一一拋開。

我和摩比離開聯合國，我們一走出大堂，就用靈力移動物件封住大門，不讓保安追截出來。

正當我們要離開時候，有一個白人男性快步而至，對我們說：「請等等，我相信你們，願意相助你們協防地球！」

「你是誰？」我問。

「我是英國軍情六處的湯遜上校，我相信你們，希望與你們共同保護地球。只是此地不可停留，我們必須立刻離去，找個安全的地方再詳談。」

「既然你相信我們，為我們向大家解釋不就可以了嗎？各國合作才能有效地協防地球吧！」

「不行，我們需要更多資訊，若我們停留在此處，他們肯定會抓你們來做實驗。」

「好吧！」可能被抓去進行實驗，這對我來說是一個極佳的理由。

　　我們一行人就火速離開。但我們只是步行了約十數步，旁邊突然奔出一個男子，他伸出電槍，把湯遜上校電昏。

　　我嚇了一跳，急問：「你是誰？要幹甚麼？」

　　「我是德國國防部的葛斯中校，兩位勇士的話我絕對相信，希望你們能和我們協力防衛地球。只是我們必須速離此地。」

　　我還在猶豫，望著倒在地上的湯遜上校，葛斯說：「你可以先跟我離開，到了安全的地方，再思考要不要相信我，湯遜上校只會昏迷一會，不會有事的。」

　　我心想這話也有道理，速離此地方為上策，若葛斯使詐，以我們的本事，若要走，他亦不可能留得住。於是就與摩比一同與他離開。哪知我們一走下階梯，突然有輛小型貨車極高速駛至，一下子把葛斯撞飛十數尺之外，不知生死。

　　車上的人打開車門，對我們說：「我是俄羅斯國防部的哥巴卓夫少將，我國相信兩位救世英雄的話，會用舉國之力與你們共同保衛地球。但此地片刻不可留，我們要立刻離開。」

　　一時間我也有點混亂，究竟我要相信誰？再者我有點擔心葛斯的傷勢。

　　就在我猶豫之際，哥巴卓夫說：「快上車，你們若留在此處，他們肯定會抓你們來做實驗。放心！葛斯死不了的。」我還在猶豫中，哥巴卓夫一把將我拉上他的車，於是摩比也跟著

上了車，由他的隨從列科斯基駕駛，急速離開。

　　哪知四方都有車駛出來追截我們。起初我對哥巴卓夫的來意也極存疑，但此刻只想先速離此地再決定要相信誰。想不到列科斯基的駕駛技術不錯，只見他極速的在街道左穿右插，避過不少警車。但仍然不斷有車輛加入追截我們，除了警車，應該還有各國的國安特務。

　　列科斯基望著倒後鏡，跟哥巴卓夫說：「葛斯和湯遜的人還是死追不放。」

　　哥巴卓夫說：「葛斯和湯遜的人還好，若是禾特的人只怕麻煩得多。」說罷只見哥巴卓夫從車廂內取出一支激光槍來，跟著就瞄準那些追蹤車輛的汽缸，準備發射。

　　現代汽車為了環保，很多車輛都是氫能車，這些車都改用水作為能源。這些車輛會有裝置先把水分解，化成氫和氧，然後用特製引擎再燃燒氫氣作為動力。這種動力車非常環保，以水為燃料亦符合經濟原則，但氫氣是易燃的。當然這些車輛的引擎是特製的，有著非常好的防火、防護裝置，正常的情況非常安全，但這當然不包括防避惡意的攻擊。如果用激光槍射向它的引擎，肯定會造成猛烈爆炸。我爸爸死時的氫能車也就曾被擊中爆炸。所以我一手按下哥巴卓夫的激光槍，沒讓他發射，而是用靈力把追逐我們的車輛的舵盤扭動，使他們撞在一起。哥巴卓夫見我施展異能就能令各車輛互相碰撞，也就放下激光槍，想要看我如何施為。

　　但很快我就看到不只地面有警車及不知名車輛在追截我

們，而且上方的空中棧道亦有不少磁浮飛天車追截我們，不久空中更有直升機加入。看來要遠離麻煩的機會越來越微。

我這时真恨自己不能飛，便說：「如果能飛有多好！」摩比聽後淡淡一笑。

哪知列科斯基突然說了一聲：「坐穩！」原來這部小型貨車竟也是一部磁浮飛天車。一般只有名貴房車才會磁浮駕駛的，想不到這小貨車看似普通，但卻是磁浮飛天車，更想不到的是這部車的速度和性能比我爸爸以前的那部磁浮車更優良。說時遲，那時快，我們已升到空中，在空中道路行駛。立時我們能避開追截的機會大增，至少地面上的車輛已難以再追截我們。縱管如此，直升機、警方的飛天警車還是從四方追來。

列科斯基始終不能擺脫各方車輛，就在警方的磁浮車追近時，摩比用他的靈力把追近的車輛一一反轉，並互相碰撞，又用靈力把我們的磁浮車帶離空中道路。因為磁浮車都要在特定的空中道路上行駛，才能感應預設的電磁力，所以我們這刻其實是靠摩比的靈力行駛，而非電磁力。我們既然離開了空中道路，磁浮警車就再不能追上。其實我應更早想到使用靈力令車輛在空中飛行。哥巴卓夫不再出手，只旁觀我們會如何擺脫各方追蹤。

就在我們快要成功擺脫追截時，突然有第四級的機械特警加入，哥巴卓夫說：「禾特終於到了，可是到我手的東西，我絕不會輕易放手。」

機械特警沒有飛近我們，而是向我們發射超聲波炮。我

略感暈眩，但列科斯基反應遠比我大，車輛立時左搖右擺，雖然我們是靠摩比的靈力浮在空中及前進，但列科斯基仍握著舵盤，會令汽車擺動。我想所有依靠耳水平衡的生物都會受這超聲波炮的影響。看來就算我們不會撞車，也很快會被截住。摩比大怒，用靈力把直升機推出去撞向飛行中的機械特警，機械特警急忙飛走避開，但其中一個還是閃避不及，直墜地面，而直升機就不斷的在空中急速旋轉，看來墜毀只是時間的問題。

但剛擊退一架直升機和一個機械特警，另外還有三架直升機迅速掩至，並且還有另一個機械特警飛行在旁。機械特警眼見超聲波好像未能阻截車輛，就不再使用，反而改用更厲害的衝擊波，當一波衝擊波轉瞬而至時，我立時用靈力築起一個保護罩，衝擊波再厲害也不能打穿我的靈力防護罩。但衝擊波把我們的車推到了數十呎之外，就如海浪把沙灘球沖走一樣。

就在第二輪沖擊波快要來臨之際，摩比默示我打開保護罩，轉守為攻，把他的激光斧破空擲出。斧頭一下子把其中一部直升機的機尾砍掉，直升機因此急速旋轉，撞向剩下的一個機械特警，它急飛避開。然後摩比再用靈力隔空取回斧頭，斧頭就像回力刀般向摩比飛回，他又再次把它擲出。摩比連環三擲，激光斧頭就像回力刀般回旋三次，把三架直升機全都損毀了，它們唯有急速地找平地降落。機械特警則在直升機叢中左閃右避，僅僅避過碰撞，但它還是避不開摩比的第四擲，被激光斧嚴重破壞，跟著也急速下墜。

激光劍的力量是源於我是光武士而來的，激光斧的力量就

是源於寒武士，若沒有寒武士的力量，激光斧本身就連一點威力也沒有，所以我一直以為當武器離手時就會失去它的威力。但我曾聽摩比說過，當我們的第七感練至足夠強大時，我們的武器也不一定要握在手中才能發揮威力。這刻我看到摩比可以隔空擲斧，破壞敵機，真的由衷佩服。只是這樣遙控武器，我想定然會大大損耗氣力。我實在不知道自己甚麼時候才可以做到，但這刻我終於有幸親眼看到飛斧的威力。

「最後還是我贏了！」哪知哥巴卓夫的話還未說完，突然間我們的飛天車就在高空被擊中，然後爆炸。雖然爆炸威力不算太大，但還是令整部車解體了，我們四人向四方墜落。若不是我及時用靈力保護他們兩人，縱使我和摩比沒事，他們都極可能會即時被炸死或重傷。只見哥巴卓夫和列科斯基都揹著降落傘，他們把降落傘打開，隨風飄至遠處。由於事出突然，我來不及聯繫摩比，就已在高空直墜，只得築起保護罩以保護自己。但我早有經驗，只從約千公尺下墜，這等高度絕不會難倒我，我相信摩比亦同樣不會受傷。

原來追截者眼見機械特警也對我們毫無作用，竟然用上殺手衛星追擊我們，這種衛星在太空軌道中除了有監視的作用，還配有強大火力的激光炮。他們見我們快要逃脫，就啟動殺手衛星攻擊我們。這種衛星的攻擊力度分五級，他們只用了第二級，畢竟他們只想阻止我們逃走，而非一心想致我們於死地。但即使如此，若被激光炮直接擊中，我和摩比還是肯定會受傷，哥巴卓夫兩人更肯定會直接被炸死。但由於有車輛稍為阻

擋，我們又有靈力護體，所以我沒有受傷，我相信摩比亦然。雖然我已立時築起保護罩，保護哥巴卓夫和列科斯基，但他們是否仍受傷就不能確定了。

哪知我剛著地，就竟已有數架直升機飛近，我還是避不開他們的追蹤。

我已準備作戰，但我想還是謀定而後動，所以暫按兵不動。當直升機飛近時，機上就發出廣播大聲說他們沒有惡意，希望我們不要反抗和攻擊。三部直升機飛近至我約百多呎時就下降，數個人從其中一部走出來。他們慢慢走近，說：「我們沒有惡意！我是美國國安部的禾特上校，我相信你們，希望與你們共同保衛地球。地球的情況非常危急，所以我們想了解更多外星大軍侵襲的事。希望你們能幫忙，協助我們防禦。」

我對各國一眾人等已失去信心，但畢竟我們這一行的目標本就是保衛地球，所以無論是哪一國，我都願意分享資訊以幫助他們協防。在一連串事件後，我已對他們產生戒心，但以我現時的能力，我自忖他們就是有陰謀，也能應對。面對他們的你爭我奪，我當然反感，但還是希望再試一次，盼提供的資訊能幫助這個我成長的地方避免侵襲，也算是為這個藍星盡點力。

「好吧！但我要先找回我另外三個同伴。」我說。

「不用了，哥巴卓夫和他手下應該已經離開，就是還未離開，也不敢在這刻出現，總之他們死不了。你的朋友我們亦已找到，只是他有點難溝通和應付，你先上直升機，我帶你去。」

禾特說。

　　直升機只飛了一會，我們已看見摩比。一批特工想阻止他離開，不過他們卻沒有用重型武器，只是用上電棒等低殺傷力的武器。當然他們難以阻擋摩比，而摩比亦沒有對他們痛下殺手，只是把數十個特工像疊羅漢般的疊在一起。其實他已甚為客氣，若不是他也不想傷人、不想與地球人結怨，恐怕這批人早已全數死在他的斧下。

　　我微微一笑，叫摩比住手，然後轉頭對禾特說：「你快讓你的手下住手，否則惹怒了熊人，我難保大家的安全。」

　　禾特立時用擴音器吩咐大家住手。

　　我再問禾特：「我們要如何幫助你？」我是摩比在地球上的代言人，所以由我發問及發言。

　　「我們需要更多外星人的資訊，希望知道他們的科技力量和戰鬥力。現在已夜深，各國還在尋找你，若找到的話，你們都會有麻煩。我們還是先找個地方安頓，明天再詳細研究對策。」

　　我雖有戒心，但想著反正我們也需要安頓，於是就跟隨他們離去，我們一行人改坐了汽車，我想這比較不引人注目吧！我還叫禾特把保羅接來，始終對外星狼人的資訊，保羅比我更了解。我們駕車行駛了約兩個多小時，我想他們選擇駕駛普通車輛和貨車，全因這更易避開空中的雷達追蹤，亦不會惹人注目。我們最終在一列平房前停下，這列平房就像是一般民居，一點也不起眼。哪知下一刻，地面突然開了個缺口通道，讓我

們的車輛駛入，原來平房底下竟然是一個龐大的軍事基地。

　　想不到這個軍事基地內，竟然有著數個既寬敞又舒適的房間，我們就被安頓在內。雖然我要戴著假面具睡覺，我覺得很不自然，也有點擔心面具戴得太久，會改變原來的面容，但能平靜的渡過一夜，著實不錯。起初我躺在床上，也有點擔心這行是否陷阱，但接著下來過了半小時也絲毫沒有動靜，我也不再擔心，反而思考究竟地球的命運將會如何呢？我們要如何防禦呢？我能戰勝狼人嗎？我又能報仇嗎？想著想著，我就沉沉睡去，這可說是這半年來過得最平靜、舒適的一夜。

第四章
最可怕的生物

　　第二天早晨，我們醒過來，就被引領到飯堂吃早餐，早餐並不算豐富，只是火腿雞蛋三文治，還有大量的橙汁及咖啡。雖然摩比嚷著沒魚吃，但還是吃喝了不少，熊族人特別喜歡魚及高脂肪的肉類，也喜愛吃蜂蜜，而我就只吃了一點，保羅則全然沒有吃。

　　「昨晚睡得不好嗎？」我見保羅沒精打采的。

　　「是。睡得很差！你們吃吧，我沒胃口。」說罷還打了個呵欠。

　　吃過早餐後，禾特上校和他的五位同僚就過來與我們開會。

　　在大型的會議室中，我們商討政策。

　　「我再次介紹自己，我是國安部的禾特上校。我代表國家向你們三位表達感謝！」說罷，他和我及保羅握手，向摩比點點頭，跟著他問：「人狼是甚麼生物？為甚麼要侵襲地球？」

　　「不是人狼，是狼人，他們是一群外星族群，侵襲地球的目的當然是為了地球上的資源。最近地球上不時報導有人目睹狼人的新聞，其實正是他們的偵察部隊到訪地球，被某些人看見。正因狼人自遠古時已曾到訪過地球多次，所以地球上一直

有狼人的傳說。」我解說，但其實我亦只是覆述保羅之前跟我說過的話。

「那他們的軍事力量如何？」

我望向保羅，他接口說：「宇宙星際中，除了人類，最強的有六個民族，蝠族、龍族、狼族、鷹族、蛇族和熊族。狼族大概有一億三千萬人口，當中估計約有過半是戰士，如果在其中有十分一來襲地球，我們要應付的也約六百多萬個狼戰士！」

「那他們的軍事科技先進嗎，對比地球如何？」

「六個族群的戰士都有極強的戰鬥力，但論科技，只有鷹族在地球人之上，蛇族的科技則在地球人之下。能力最強的三族：蝠族、龍族、狼族，反而都只是原始遊牧民族，他們崇尚原始武力，過著狩獵的生活。雖然他們都有著深厚的文化，但卻沒有先進的科技。狼族之所以能夠入侵地球，因他們的飛船都是鷹族為他們製造、提供的。亦正因如此，我們才會有一個多月的時間準備。鷹族曾為他們提供了不少激光武器，我並不知道鷹族還會為他們提供甚麼新型武器，但除了鷹族提供的，他們本族只有原始的武器。不過千萬不要輕視他們，狼族戰士本身就是最厲害的殺人武器。」

保羅繼續說：「狼族可說是打不死的，任何地球上的刀槍劍炮也不怕！唯一能立時殺死他們的，就是完全摧毀他們的心臟。就算身首異處，只要心臟完好，他們的身體還能生存多個小時，甚至數天。他們的皮甚為堅韌，肌肉極奇結實，普通

的子彈也未必能打進他們的心臟。而且他們的戰士都穿上厚盔甲，要打中他們的心臟並不容易，要殲滅數以萬計的狼人，我想核武器是唯一的選項。只有核爆才能徹底摧毀他們，所以戰場的選址非常重要，沒有人希望在城市中用上核彈。」

「而且狼族有一種非常特別的能力，他們的口水分泌內有一種非常奇特的細菌和聚合酶，可以改動另一種生物的DNA，將那種生物變成自己的同類。所以如果某人給狼人咬傷而又沒死去的話，那人最終都會變作狼人，這種變化快則可以在幾天內完成，慢的也只需數星期。」他頓了一頓：「你們知道這有甚麼意義嗎？」

他沒等待大家回答：「就是會此消彼長，我們的戰士會越來越少，對方的卻越來越多！所以他們實在是難以打敗的軍團。」

一般人聽後都會覺得有點匪夷所思，仔細想想，雖然每個人都是獨特的，但兩個全不相識、毫無關係的人之間的DNA差異其實也不出1%（如控制大腦皮層皺摺發展的HAR1基因、控制腦容量發育的ASPM及RNF213基因、控制手腳靈活度的HAR2及HACNS1基因、控制語言發音的FOXP2基因等）。而物種之間的差異雖然較大，但就如人類和黑猩猩，兩者在DNA上的差異也只有不足兩個百分點。甚至人類和貓與老鼠也有約八成以上的相似。那麼改變DNA令一個物種變成另一個物種，或許真的有可能。而在地球上的基因工程，就正正使用了細菌來改造基因。所以這些事雖難以理解，但的確是真實

發生了，我之前在醫院中也就親身見證過。這也或許是為甚麼自古以來就有傳說，記載若人類被狼人所咬，就會變作狼人。

保羅繼續說：「還有一件事相當重要，你們必須知道，狼族人的首領是土武士，他有一種異能，能引發土地震動，震動的幅度可比擬地球上的九、十級，甚至更強的地震，這再次說明戰場的選址非常重要，不然就會引致嚴重的傷亡。所以你們必定要事先好好準備，否則狼人大軍壓境時，人類就會有被滅絕的可能！」

「其實我們已經準備中，雖然進展緩慢，但總算是個好開始。」跟著禾特上校，在書桌上按動一個按鈕，突然我們右邊的牆壁竟然緩緩移動，向兩邊分開，原來在牆壁的後面就是一個實驗室，極厚的玻璃分隔著兩個房間，而且我肯定這是強化了的防彈玻璃。

而更令人驚訝的是在實驗室中，竟然綁著一隻狼人！

這狼人被縛在實驗床上，科研人員正對牠進行各種實驗。突然這狼人隔著玻璃看到我後，就不斷在咆哮呼嚎！

「我們成功活捉了一頭狼人，正對牠進行種種實驗，務求能找出令牠們致命的方法。而且我們亦知道牠唾液之中有極為危險的細菌，科學家正努力研究對策應付。」禾特說。

我禁不住問：「這狼人你們最終會如何處置？」

「做完所有實驗後，當然就會把牠解剖！」說罷就按下一個製，牆壁重新合攏，那頭狼還是不斷的向我呼嚎，直至牆壁完全閉合，再也聽不到牠的聲音。

我原以為各國政府對狼人一無所知，因為一般民眾都只當狼人是民間傳說，電視台的新聞報導也從沒有真憑實據。想不到原來美國政府早已秘密對狼人進行了各種研究。我細心一想，這很可能是早前狼人大鬧醫院所致，那次醫院死傷枕藉，不知道除了我和保羅外，還有多少個目擊者可以生存下來。不過回想起來，就是所有目擊者都死去，政府起碼還是會找到兩隻狼人的屍體，想必是這樣引起了政府的認真關注。只是真的不知道他們如何能找到這隻活著的狼人。既然美國政府已對狼人進行研究，那麼或許中國、俄羅斯、歐盟也一樣，早就知曉危機的存在。若真的是這樣，局面就好多了，若各國對狼人有所認識和防範，那麼人類的勝算又會多了幾分，那我的責任也算是完成了。

　　「在當前的危機下，美國政府極需要你和這位熊人先生的幫助，你願意為美國政府效力嗎？如果你們願意，我國必定會厚待兩位，滿足兩位的一切願望！」

　　「不會，我們不會為任何一國效力，我有自己的事要辦。你們既然早已有防備，而我亦將詳情交待清楚，我們的責任經已完結。」我答。

　　「不要這麼快拒絕我們，名譽、金錢、美色、權力，我都有辦法為兩位提供，絕對能滿足你們的慾望，你們是否要再考慮一下？」

　　他所說的話確實十分吸引，或許他也能幫助我復仇，但我深知這世界都是等價交換，要得到他所提供的一切，我就要供

他差使，甚至可能要出賣靈魂。我從來都不喜歡受制於人，在我最孤苦的時候，也不曾想過投靠任何人。以前不想，現在能力大了更不想。於是我還是緩緩的搖頭。

「那你可以讓我們看看你們的武器嗎？我們現在對抗外星科技，必須要有像你們這麼先進的武器才足以應付狼人大軍。」

「我的激光劍和這位摩比先生的激光斧若交在你們手中，根本完全不管用，這些只不過是普通的鐳射和反射裝置。一般人都根本無法使用這樣的武器，亦不是單靠訓練就可以做到，而是必須擁有異能才可以。」

「那你們，特別是你怎麼會有這種異能？」

「這一言難盡，我經歷了一連串的奇遇，總之我的異能是你們沒辦法複製的。」我不願自揭身世，怕惹上麻煩，所以不願多言。

「那我們可以抽你一點血、一點組織來研究嗎？」

這令我想起之前一些不快的情景，我斷然拒絕。

「那麼好吧！請你們在此稍等，我們還有別的會議要開。而我們還有別的軍事人員要徵詢你們的意見，制訂防衛狼人的策略，請大家在此稍等。」

當他們都離開後，突然有多個武裝人員從門後衝進來，有的持著機槍，有的持著麻醉槍。這刻起碼有約十數把機槍，十數把電槍，十數把麻醉槍同時指向我們三人。

「束手就擒吧！否則別怪我對你們不客氣，這麻醉槍內的

麻醉藥劑量，就是3頭大象加起來也受不了！最好不要迫我們發射，否則我也不知道你們能否承受這麼重劑量的麻醉藥。」禾特說。這時他戴上防毒面具，看不到表情，但語調冷漠而陰沉。看到防毒面具，恐怕這些槍之中還有毒氣彈、煙霧彈之類。

「為甚麼要這樣對我們？我們來通報消息，屬於同一陣線，並不是敵人。」我試圖解開對敵的局面。

「要對付外星科技，我們就必須擁有外星科技的力量，只有完全擁有並控制你們的能力，地球才會安全。所以我們必須研究你們的異能和武器，可惜你們完全不合作，但放心，我們不會傷害你們的，只要你們乖乖合作。」這說話真的好熟悉，不久前威廉也說了相若的話，還差點把我弄死。畢竟他們關心的不是我們的死活，我們的異能才是他們最關注的，最想得到的。

我感覺到摩比已按捺不住，我輕按著他，仍不願與各政府為敵：「我們不會留下，更不會給你研究。如果你放我們走，我們將來還可以繼續合作，提供情報及幫助協防。但如果你要強留我們，我們就不會再客氣了。」

「多說甚麼，我們走吧！」摩比說：「恐怕他們要的不單止是地球安全，還想要稱霸地球，甚至宇宙吧！」

一眾武裝人員把他們機槍、電槍、麻醉槍、毒氣彈槍等全瞄向我們，「還想逃走嗎？」禾特說。

「不會！我們會堂堂正正地離開這裡，絕不會逃！」

突然間，禾特打了個眼色，身邊的武裝人員立時向我們發射麻藥槍。頓時，空中滿佈了麻醉藥標，就在這些槍標快要著身之際。不待我築起防護罩，摩比就已經運用靈力將這些槍標的軌道全部改變，二十多個武裝人員同時中槍紛紛倒下，有些立時已經呼吸困難，更有些抽搐一會兒就氣絕了，亦有些陷入昏迷，恐怕中槍的沒有一個會活命，可見這些麻醉藥藥力之強。我在想，要控制一顆子彈或槍標射出的方向和軌道，我絕對能做到，因我在龍族的海洋中亦能夠控制小量魚群做相同的動作，但要同時控制十多二十發子彈的走向，將全部轉換不同的軌道，我還是自盼不如。

　　禾特和他的同僚表情驚訝，但他立時指令剩下的武裝人員開槍攻擊，並退出了房間。我想他原先想活捉我們，但現在是想強攻，不會再顧我們死活了。這和威廉的心態一樣，無論死活，也要研究我們。這也許不是精明的計算，若我們死了就不能再協防地球，但他們的考慮不是基於安全，而是要不惜代價的稱霸。

　　霎時間，子彈橫飛。我就用靈力把大型會議桌翻轉，擋在眾武裝人員和我們之間，子彈一一射到厚實的會議桌上，就是穿過了仍不能射穿我築起的靈力保護罩，跟著我揮動激光劍把緊鎖的大門劈開，我們就從大門走出。就這麼短的時間，我已看到一眾保安人員都已戴上防毒面罩，跟著會議室和走廊很快就煙霧瀰漫。這當然不是普通的煙霧，應是混入了強烈的麻醉藥，甚至可能是毒霧。

我能短時間閉氣進入無氧呼吸狀態，我和摩比都不怕毒霧，但我卻擔心保羅。

　　禾特利用廣播向我們說：「束手就擒吧！最強的力量在我國手中，才能確保地球平安，世界和平！你不是想世界和平、地球無恙嗎？」

　　我沒有理會，急忙揮動激光劍，除了擋開從各方而來的子彈。我一路引領眾人走向大門，但前面進駐了大量武裝人員，除非把他們殺盡，否則要在短時間衝出，並不容易。其實我有想過大開殺戒的，特別是禾特這批醜惡的人。但我從沒有殺過人，這批人雖醜惡，但畢竟與我無仇無怨，我不願就此大開殺戒。但這樣的話，要在短時間內衝出去，就有一定難度。可幸摩比也知我心意，而且他也不想和地球人結怨，所以暫時沒有大開殺戒。但我實在擔心，時間一長，就是我不出手，摩比也會按捺不住，令這批武裝人員死傷枕藉，又或是拖得太久，保羅會難以活命。

　　就在我猶豫之際，摩比使出他的激光斧，把天花劈開了個大洞，跟著向上跳，再把上一層都劈開。我和保羅也一起向上躍，保羅除了擁有納米血，身體特別強壯，雙腳還配有機械裝置，這樣的跳躍對他來說輕而易舉。如此連躍三層，還有一層我們就能到達地面，但這層的地板特別厚，摩比一劈竟未能完全把它劈開。武裝人員就透過天花的破洞密集地射出化學煙霧彈，我怕保羅受到影響，突然心生一計，用靈力把一眾武裝人員的面罩都脫掉，霎時倒下聲不絕於耳。這刻我已難顧他們的

生死，反正他們都只是自作自受。終於再沒有人追上來發射煙霧彈，我很高興我也能如摩比般能同時控制、移動多物。跟著摩比也劈開最頂層，我們順利跳上最後一層到達地面。

一到地面立即有直升機追來，摩比用靈力把兩架直升機撞在一起，我們就跳上一輛車駛走。這輛車只是普通的舊式汽車，但我用靈力把車向右傾側九十度，然後用靈力控制車子在密林中穿梭。如果前面遇上樹木障礙，摩比就用回力激光斧把它砍掉。這樣我們把車子駛進密林中，令他們難於追捕。雖然車子在密林中穿梭得不快，但他們既不能在空中追蹤我們，而我們後面的車又被樹木所阻，所以很快便擺脫了他們。

脫離險境後，我一看倒後鏡就禁不住笑起來，因為看著高大的摩比塞在細小的車廂中實在有趣。摩比看到我笑，就用力把後面車頂打穿，好讓頭能伸出車外。但這模樣還是惹我發笑，為免惹怒摩比，我還是立時把笑容收起。

「人類真恐怖！」摩比正色說。

我也不得不同意：「的確是！抱歉讓你看到人類晦暗又真實的一面。」我內心隱約覺得我不願出手殺絕他們的原因，是因為我和他們一樣醜惡。

但我內心還是暗暗嘆息，有些國家領袖只關注我和摩比的異常能力，一心籌劃如何把我們招攬或把我們的能力複製。畢竟對政治家來說，自己國家利益凌駕在別國利益之上，自己的利益又凌駕在自己國家利益之上。如果能把自己的地位和利益鞏固，莫說是要犧牲別國的利益，就是本國的利益也可隨時置

之不顧。

　　保羅心灰意冷，他身為人類，看著人類即將面臨滅絕，仍然只是各懷鬼胎，眼看我們的警告只是換來各國的權鬥，他如何可以不唏噓！

　　這個密林很大，易於躲藏，我們商量在密林中渡過一夜，翌日才再作打算。這刻睡在林中，摩比就像回到家中一樣，但我就不禁回想與安娜共渡的時光，雖然那段日子風險重重，卻令我緬懷不已，想著想著，我就沉沉睡去。這夜我夢到安娜……

第五章
世紀風暴

　　翌日一早醒來，極感涼意，一夜間突然就刮起巨風。摩比感覺到情況有異，就讓我和保羅兩人悄悄回到城中查探消息，由於摩比是熊人，進城只會引起追捕，保羅就買了一部大貨車讓摩比躲藏。保羅同時把他和我的兩張人皮假面具通電，令兩張面具變成新的面容，然後重新戴上。我們戴上後就如同變了另一個人一樣，閉路電視和人工智能也不可能追蹤到我們。

　　我和保羅走到城中一間酒吧，打聽各國的最新消息，想了解他們有沒有積極佈防。同時摩比還叫我們特別注意風暴的消息。

　　「有風暴會來臨嗎？」臨行前我問摩比。

　　「是的！是一個特大風暴。」

　　在酒吧看到電視報導了整整一小時都只是報導同一新聞，就是風暴消息。至於我和摩比大鬧聯合國一事，新聞竟然連半點消息也沒有，就像從沒有發生過一樣，想來是各國刻意將事件隱瞞。至於街道追逐一事，電視台都只當作追捕逃犯而已，輕輕的帶過，沒有把事件和我及摩比拉在一起。反而在酒吧中，不少人在談論此事，他們都在網絡收到不同信息，有說曾在電視台中出現的摩比是電腦特技，是電視台的惡作劇。又有

討論說街道追逐戰是在追捕某一位著名逃犯，不過也有人說在街道追逐戰中有人見到摩比。又有說國家故作低調，可能是出於某種陰謀。我看到電視播出關於當天的片段明顯是經過剪輯及電腦特技加工的，看來果然是各國盡力將事件掩蓋。我感到既無奈又憤怒，更不禁擔心地球是否真的末日將至。

這刻我想起禾特最後說的那番話——只有最強的力量在他的手中，才能確保地球平安，世界和平！其實一百個人就有一百種正義，但當權者總以為自己比別人更正義。很多國家批評別國獨裁，說自己才不是獨裁國家，其實這些強國只是把獨裁輸出到了別國，用盡方法要控制別國的資源、別國的政治體制、世界的遊戲規則，以便自己可以任意掌控他們的政制、資源。若一旦反過來，自己國家的經濟表現跟不上該國，就會再特意改變自己訂立了的遊戲規則，務求鞏固自己的領導地位。人類常投訴不公，但人類根本不喜歡公平，人類只喜歡特權、被優待。人只會在被虐待時投訴，絕不會在被優待時投訴不公。

當我在慨歎之時，電視再次報導風暴消息，這次新聞卻用上了極長的篇幅報導，詳細報導了有關特大風暴的成因及各種資訊。看到報導後我真的嚇了一跳，原來一個史上最猛烈的風暴正在迫近紐約。但這說法其實不正確，更正確的說法是九個史上最猛烈的風暴正在威脅地球。因為從衛星圖中望去，地球竟然同時有九個超級風暴來襲，而非單單一個。

九個風暴中有四個在太平洋、三個在大西洋、一個在印度

洋、一個在北冰洋，加起來就佔去地球上海洋的大部分面積，這絕對是前所未有的。除了風暴之多前所未見，亦有些地方原本絕少出現風暴，這同樣令人感到怪異。而從衛星圖看，那三個大西洋的風暴就佔據了大半個大西洋，兩個在北半球、一個在南北球，其中北半球的兩個竟然有合攏之勢，竟全都朝著紐約進發，觀其移動路線似乎會在紐約會合。但幾個風暴接近合攏時，就好像定鏡般止住，這一連串的奇特現象令所有氣象學家都不明所以，只能說這真是萬年難得一見。

這幾個風暴都是超強颱風（Super typhoon），也就是平均風速在每小時 290 公里以上。全世界的風暴等級分類都不同，一般通用的是蒲福風級，共分作十七級，現代各國以此為基礎再各自發展不同的颱風風力級別。甚至暴風的叫法也有不同，在北太平洋西部，叫作颱風（Typhoon）；在北大西洋、北太平洋中部及東部，就叫作颶風（Hurricane）；在印度洋發生的就叫氣旋（Cyclone）。這三者雖叫法不同，但其實都是在海洋中產生的風暴，它有別於龍捲風（Tornado），雖然也有在近岸產生的水龍捲，但一般都發生在內陸。龍捲風風速可以非常強，甚至超越颱風，最高的 EF5 級的風速可超過每小時 322 公里，甚至可高達每小時 500 公里，不過龍捲風的直徑大小一般不及颱風，壽命亦較短。

美國和西半球（薩菲爾辛普森颶風等級）把颱風分作 5 級，以平均風速超過每小時 252 公里的第 5 級為最高。在東亞日本，超於每小時 194 公里的風速就是最猛烈的颱風。在中國

和香港，風暴分作六級：熱帶低氣壓、熱帶風暴、強熱帶風暴、颱風、強颱風、超強颱風，超過風速每小時 185 公里的叫作超強颱風。至於南半球如澳洲、印度等都有自己的風暴級別制度，而超強颱風的大小可達半徑 880 公里之大。歷史上計載的最強颱風為 1979 年西北太平洋出現的泰培（Typhoon Tip），風速達每小時 305 公里，其半徑長達 1110 公里（其大小足以覆蓋半個美國）及 2015 年東太平洋出現的帕特里夏（Hurricane Patricia），其最高持續風速達每小時 345 公里。

這幾個颱風都達到超強颱風的級數，如果能從太空中看，地球的海洋大多都被暴風覆蓋。如果在北大西洋的兩個風暴真的合攏並吹到紐約，可以想像這個剛重建的城市會再一次受到極嚴重的破壞。我走到街上察看，想看看平常掛在城市高空中的巨型風車面對風暴來臨這刻究竟怎樣。果然這些巨型風車這刻已全部收回地面。現代城市會盡量使用再生能源，除了從外太空的暗星（見本書上一冊）收集外太空的太陽能外，現代城市還會在空中擺放巨型風車。這些大型風力發電機不是固定安裝在陸地上，而是用強化電纜連接放在空中，就像紙鳶般在空中飄蕩。

在空中放置風車發電機的原因，是因為地面上的風力並不穩定，能提供的電力未必太多，不穩定的風力所產生的電力亦不穩定，這種高低起伏的發電量有機會拖垮原來的電網。相反在地面上約 5 公里高空的風力會穩定得多，能提供既穩定亦大量的風能，所以現代的城市會有很多風力發電機吊在半空中。

而且這些空中發電機，不單止是發電之用，而且它們更是空中過濾器，能過濾空中的二氧化碳，以減低溫室氣體。還有這些漂浮發電機更是上佳的廣告展示器，甚具商業價值。只是這刻這些大型風車已盡數收回地面，可見這刻風力之強。由於這事極不尋常，我和保羅急忙回到了貨車，把所看見和所聽到的都跟摩比說。

只見摩比毫不驚奇，跟著對我說：「果然是這樣，你的考驗很快就要來臨，你要準備好。」

我一臉茫然：「你在說甚麼？我要準備甚麼？」

「宇宙七武士中的風武士已到了地球附近，其實我一早已感應到他的靈力，只是你還不擅於感應，才未能察覺。風武士萬里而來，為的就是要試驗你。鷹族人很聰明，他們少講道義，多講實效利益，著重平衡，他們只會向強者賣帳。如果你能打敗他，他或許會兩不相幫。但若你被打敗，鷹族會毫無保留的幫助狼族侵襲地球。如果兩族相加起來，人類必定無法倖存！」

「他應該也感應到你就在紐約，就像我感應到他到了地球一樣。當然他也必定知道我在地球，他把風暴停在紐約附近，就是向你邀戰！如果你能打敗他，我敢擔保這些風暴不會破壞地球。」他知道我只關心報仇一事，又說：「假如狼鷹兩族聯盟，你肯定難以報仇，反之若你能打敗他，或許你們可以結盟，對你報仇肯定大有裨益！」

對報仇有幫助的確令我心動：「我要打敗風武士？」我不

禁冒汗，繼續說：「鷹族的武士能控制風暴，單看這些風暴的威力，我怎可能打敗他呢？」

「不！你一定要打敗他！宇宙七武士分別能控制宇宙的七種基本元素，你能控制光，我能控制寒冷溫度，鷹族武士能控制風。光武士的地位尚在風武士之上，他雖然極厲害，但卻絕非不能被打敗的。」

摩比接著說：「風武士用的武器是激光矛及激光網，他會撒網把敵人罩住，令敵人失去攻擊能力，然後再甕中捉鱉。他的激光矛更能遠距離攻擊，武士自身就是各種攻擊武器的力量泉源，但他的靈力足以用激光矛作遠距離攻擊，這代表他的力量強大。這樣的遠距離攻擊你將來也必定能學會，只是你的力量暫時還未足夠。而他的激光網也絕不簡單，若一般人被他的激光網罩著肯定會被分屍，我和你有靈力護體，雖不致被分屍，但他的網也會令你動彈不得，束手就擒。總之兩樣都是極厲害的武器，絕不容易應付。」

「你能戰勝他嗎？」

「我們的第七感本在伯仲之間，但我可說是他的剋星，因為風暴的起源都是來自溫差，就是溫差越大能令氣流越擾動。大部分颱風需要海面提供熱能，但我正正能控制溫度，所以能減弱風暴的強度。不過即使如此，我也沒有自信說必定能戰勝他。而且鷹族人的科技超卓，固然遠在我們熊族之上，就連你們地球人也比不上，所以亦不能排除他會使用厲害的軍事武器來與你對戰。不過風武士既然要考究你的第七感和戰鬥力，應

該暫時不會用上那些武器。」

「那我還有多少時間準備?」

「他不會有太久的耐性,若一兩天你仍不應戰,他或會用風暴對地球進行毀滅性的破壞。我想你還是明天正午陽光最猛烈時應戰吧!」

「明天正午這麼快?你能教我打敗他嗎?若我用你的招式使海水凍結,豈不是更有把握能打敗他嗎?」

「這次出戰,你不能使詐,我亦不能幫助你,這樣才能使他信服。風武士杜格拉斯絕不同於水武士卡卡迪達,卡卡迪達只要從你身上看到希望就可以,哪怕就只是一絲希望,他也會願意相信。但風武士杜格拉斯就絕不相同,他要的不是希望,他要的是肯定,對你的實力的絕對肯定。所以這一戰,他絕對不會輕易留手。若你使詐,他就不會得到肯定的答案,那麼他絕不可能為了你去改變他的立場,所以你唯一可以做的就是堂堂正正打敗他!」

這夜我輾轉反側,究竟要如何才能打敗風武士?我真的可以嗎?如果我被打敗,地球的命運又會如何?我的命運又會如何?我有想過一走了之,但又躍躍欲試,希望藉此測試一下自己的身手。但我又怕若我戰死,就不能報仇。但若我真的一走了之,最後地球被毀滅,我又可以逃去哪裡呢?鷹狼兩族聯手,我又真的能報仇嗎?不知不覺間,我和地球的命運竟然互相結連,幸好我並不恐懼風暴,因為我們曾經交手⋯⋯

這夜我夢到小時候,我和哥哥還未發病,我只是一個七歲

的小童。那天因有暴風臨近，是一個特大的風暴，因此所有學校都停課，我和哥哥就在家玩耍，本來爸爸叫媽媽帶我們兩個去內陸其他城市暫避，因為他要做一個緊急的換心手術所以未能回家。其實因這個超級風暴的關係，醫院的病人也在撤退，但由於手術緊急，若再延遲，病人就會喪命，所以他只能冒險留在醫院做手術。因此爸爸將照顧我和哥哥的責任交給媽媽。

　　但媽媽亦有點緊急工作要辦，需要分派員工為實驗室做防風準備，所以遲了離開，哪知回家路上公路大擠塞。而因為風暴關係，空中道路早已關閉，她自然焦急，卻苦無法子，我們的爺爺住在另一個城市，不能短時間到達我家，而且他亦年紀老邁，所以未能幫忙。媽媽連忙打電話向威廉叔叔求救，託他去我家接走我和哥哥兩人，威廉叔叔一口就答應了。

　　媽媽又打電話跟哥哥說，囑咐他帶著我跟從機械管家進地下安全室暫避，並千叮萬囑哥哥要關上密室的大門，一定要待威廉叔叔到達才可以開門跟他離開。當然她也用手機遙控機械管家，下達命令帶我們到安全室及照顧我們。由於風暴的關係，空中道路已完全關閉，地面上的公路異常擠塞，並且還發生了不只一宗交通意外，令她原本只是約 45 分鐘的車程，現在恐怕最快也要近三個小時才能回來。而風暴即將於兩個半小時內正面吹襲，媽媽心急異常，唯有把希望寄託在威廉叔叔身上，希望他能在風暴到達之前去到我家，帶我們到安全之處。

　　我家的地下安全室，建造得非常堅固，除了可用來防避竊匪，亦可用來防風、防地震，甚至防輻射，可惜卻偏偏未能

防洪。面對這特大風暴，媽媽亦沒信心能確保我們安全，並且由於安全室在地下，而我家又在海邊，若海水氾濫，那安全室就會有危險。還有我家不遠處也有條河，那裡的河水會流入大海，我家正處於河流入海的交界附近，那條河偶爾還會有鱷魚出沒，這都叫媽媽非常擔心。

我因不用回校上課，能跟哥哥玩耍，反而非常興奮。哥哥較年長，亦較懂事，知道危險將至，又與媽媽不斷通話，聽到媽媽在電話中急得差點哭了出來，知道事態嚴重，所以亦面有憂色。

機械管家帶著我和哥哥走到地下安全室中暫避，我完全沒有當眼前的危機是一回事，不停叫哥哥跟我一起用玩具激光劍對戰，又或是玩電玩，但哥哥擔心風暴來臨，沒心情陪我玩耍，讓我自己一個玩。而他就開了地下室的電視觀看風暴的新聞，亦不停留意著媽媽車輛的衛星定位位置。

起初，一切平靜，但隨著風暴相當迫近，海水大幅高漲，真的灌了入屋，並慢慢流到了地下室。機械管家就在地下室四處找毛巾欲堵塞門隙。哪知當它找到毛巾時，竟發現安全室的門打開了。它連忙關上並以毛巾堵塞，它卻不知道原來我突然想起沒有帶我的機械小狗小天進入安全室，而哥哥又一直未有理睬我，所以我就獨自開門走了出去，想要找回小天再回來，哪知我還未找到小天，安全室的門就已被機械管家再關上。

我也不知道門被關上，只知道風勢實在太大，海水已湧入屋內。這刻我也感到恐懼，但我仍四處去找小天，因為爸爸說

小天若是接觸海水，會有機會生鏽損壞的。

突然「砰」的一聲，屋內的玻璃窗被吹來的硬物擊破，跟著強風吹入屋內，很多家具都被吹倒，面對這景象我真的慌了，急忙走到安全室上面，想拉門內進，但卻發覺門被鎖上。

由於水位越來越高，我又拉不開地下室的門，於是唯有走到樓上我自己的房間，但風聲越來越響，我索性跑到屋頂閣樓，我常常躲在那裡自個兒玩耍，那裡讓我感到最自在，可說是我個人的安全屋。

就在我剛走進閣樓關上門時，風暴就到了。我如何知道？因為風暴將我家整個屋頂都吹走了。我整個人被暴風刮起，在半空急忙拉著房中的一根柱子，緊緊抓著，才不至於立時被吹走，但在強風中恐怕只能支持片刻。我不停的呼叫哥哥和爸爸。暴風狂刮，刮得臉就像撕裂般痛，而我的手快要抓不住木柱了。我由一隻手抓著木條，漸漸變成四隻手指抓著、三隻手指抓著、二隻手指……

我再也抓不住，就在我要脫手之際，突然哥哥飛撲出來抓著我，但這麼一來就連他也一起被暴風吹起。就在最危急的時候，突然機械管家一手的拉著哥哥的手，原來哥哥突然發覺再沒有聽見我的聲音，就四圍尋覓，在安全室找不著我，就冒險出來找我。慶幸機械管家的聽覺靈敏，聽到我在閣樓大叫，他們就在千鈞一髮之際拉著我。

風實在太大，機械管家勉力把我們拉回來，大家連忙走向下層，但想不到潮水竟然如斯高漲。從前我家雖然也試過淹

水，但水位從未試過及膝，而現時水位已快及腰間，想來也是這個巨風所致。我剛逃出鬼門關，沒有多想就衝向樓下，只想盡快逃離風暴，哪知我快要衝到樓梯底之際，突然一個血盆大口張開，向我噬來。我已收制不及，眼看我就要衝向鱷口，哥哥再一次拯救了我，他及時一把把我拉著，免我墜入鱷口。但鱷魚當然不會放過快到口的美食，牠再次張口向我噬來，於是我們後退到樓梯中段，牠已無法咬噬我們。然而我們上有巨風，下有巨鱷兩面夾擊，一時難以進退。就在此時，外面響起響聲，應是媽媽到了，她駕駛的是水陸兩用車，所以縱使這刻淹水嚴重，但她的車卻能化成小船在水中行走自如。

我甚心急，恐怕媽媽一下車就會遇上鱷魚。但我還未來得及開口呼喚提醒，突然「卡喀」一聲巨響，由於房屋上層已被吹爛，結構受損，樓梯這刻終於塌下，我和哥哥兩個和機械管家全都掉在水中。鱷魚當然不會錯過這機會，一口再次噬來，這刻我已無法走避，唯有盡力揮手擋格。就在千鈞一髮之際，哥哥一把將機械管家推前擋在我身前，就這樣鱷魚將機械管家狂咬，哥哥趁機拉著我向外急走，我回頭只見機械管家已被撕開兩截。我眼中滿是淚水，而哥哥已成功把我拉到屋外。

鱷魚當然不會喜歡吃機械，牠吐出機械管家的一截身軀，隨即掉頭向我們追來。就在危急之際，哥哥已一把將我推上媽媽的開蓬車上，剛好避過鱷魚的猛噬。媽媽的車本是一輛轎車，但這刻就變了一艘開蓬船，迅速在水掩的街道游走。

在車上，我想起機械管家，怔怔的流下淚來，我對哥哥三

番四次的解救，心裡很是感激，但不知怎的我卻輕輕掙脫他握著我的手。媽媽的車向巨風的反方向漸漸遠走，把我們帶離險境。

那次是我第一次跟風暴正面相遇，但那次事件沒有令我變得膽怯，反而令我變得更大膽。並不是因為暴風不可怕，而是因為風暴令我聯想起我的哥哥、媽媽，這亦是我對哥哥最深刻的記憶，是他病發前我對他最後的記憶，或許那次回憶並不愉快，但我還是很愛我哥哥，亦很懷念他。

眼前這個風暴，哥哥再也不能幫助我，我必須獨自面對！

第六章
與風激戰

　　翌日，保羅帶我們去到一個小型機場，不知道他如何能找到一架小型飛機，但既然太空船他也有，找架小型飛機對他又有何難。每當有困難要解決時，保羅總是有他的方法。有他作伴，我的心總感到非常踏實。臨出發前我特意讓保羅為我的椏杈找來一條極強彈力的弦線，以作不時之需。其實要接近風暴，當然軍部有更先進的飛船，我們可以偷來使用。但我要靠自己的力量戰鬥，那就用不著甚麼先進飛船，這架小型飛機就已經足夠。

　　其實在海上作戰，對我極為不利，因為海水和空氣的溫差正正為風暴提供了最大的動力。但我也不願在陸地上決戰，因這肯定會令整個城市被摧毀，很多無辜的人都會因此喪命。就算我不願承擔救世重責，也不願目睹這一景況。

　　面對這種超級風暴，沒有交通工具能帶我們走近。我們只好自己駕飛機飛近。漸漸我們飛近風暴，保羅對我說：「我們只能來到這裡，再接近的話，飛機就會失控，之後就只能靠你自己了。」他細看海面想尋找可以讓我降落的地方。過了不久，他終於找到一隻被風打翻了的船，其實沒有船隻能抵擋這樣強勁的風暴。這小船被打翻了，但還沒有完全下沉，於是保

羅把飛機駛近，讓我跳到這船上。

就在我要跳的時候，摩比突然跟我說：「其實你還擁有一種你還未知悉的能力……」

不久我跳到那翻了的船上，剛踏到船上，在疾風聲中，好像聽到呼叫聲，但轉瞬間就感到強風迎面而至。本來風暴離我應還有百多里，但轉眼就吹到面前，我無暇多想，全力準備迎戰。風暴在離我不遠處突然停下來。這刻風力之強，刮面生痛，耳邊盡是呼嘯聲，聽來令人生畏，但不禁令我想起曾經在風暴中救了我的哥哥，哥哥的回憶使我壯膽。

跟著風武士杜格拉斯從暴風中飛出來，他就像大麻鷹和人的混合體，他的頭和身是放大了的麻鷹，只是他像人一樣有雙手和雙腳。他一雙腳不是人腳，而是一般麻鷹的鷹爪腳，他一雙手既不全是鷹爪，也不全是人手，而是兩者混合，手臂和手也像人，但滿是羽毛，而手部就似爪，有又尖又彎的長指甲，但卻能緊抓武器如人一樣。他身高約 2 米多，但他的翅膀甚大，展開後約有 6 米，即使在大風中，仍能平穩地停留在空中，他一手拿著激光矛，這激光矛是一支長金屬棒，而棒端矛頭就是青色激光。他另一隻手拿著激光網，網格間有很多小水晶，小水晶之間有激光連接，若普通人給網中，肯定會被當中的激光分屍。

他定睛看著我，向我打量，見我貌不驚人：「你現在認輸的話，就恕你不死！」

「死，我不怕！如果你怕，我可以不打！」

「不怕死的傢伙，好得很！」

說罷，他身後的風暴則狂飆而至，我運用靈力築起保護罩把腳下的翻船也包裹在內，全力運用靈力對抗烈風。只覺烈風不斷加強，但我的保護罩就如一個水晶玻璃球牢牢的穩在烈風中，屹立不倒。

此刻我非常佩服摩比，若不是他選擇那由早到晚都疾風烈吹的 TY571 星球對我進行訓練，我這刻如何可以表現得鎮定自若。事後我曾問摩比所住的星球是否也和 TY571 一樣，他跟我說他所住的星球也跟那星球一樣的寒冷，但風勢卻沒有 TY571 的狂烈，而且也不是一年到晚都刮暴風的。正是摩比對我的特別訓練，令我對超級巨風早已有所適應，此刻的風勢雖然猛烈，其風力肯定已超越地球史上最強的風暴，但比之 TY571 的超級風暴仍有所不及，當然我知道杜格拉斯應該並未盡全力，所以我面對這些猛烈風暴亦不感到害怕。

風武士見我從容不迫，有點驚訝，他忍不住用靈力鼓動烈風，只見烈風越吹越勁，漸漸連海水也不斷被捲起，水滴不斷拍打我的保護罩，由於風速極高，即使只是小水點，但只要被打中，對一般人來說，可能已穿膚蝕肉，造成一定的傷害。漸漸我感覺到保護罩的外層不斷震動、不斷被撞擊，好像一個玻璃球片刻間就會被打碎。

我突然呼喝一聲，保護罩離水面而起，離開破船，隨風漂起，之前我的保護罩就如堅厚的玻璃牢牢釘在地上抵禦巨風。這刻我的保護罩卻變成了一個肥皂泡，隨風飄蕩。烈風雖強，

卻也奈何我不得。我之前是以力相抗，這刻卻是以柔制剛。

　　風武士見我絲毫沒有敗象，面對如此特級風暴，亦面無懼色，他隨即飛至，以激光矛急刺我的保護罩。他看得甚準，而且力度剛勁，一矛就刺進了我的保護罩，保護罩就如肥皂泡一下子被戳破。千鈞一髮之際，我揮動激光劍擋格，並且降回海面，重新踏上破船。

　　風武士就順勢向我俯衝攻來，他一矛直刺過來，真的威勢無倫。我想矛長劍短，若我能挨近他身，就有取勝機會，所以面對這一擊，我竟不閃不避。就在他的矛快要觸及身軀時，我腳不離船，卻把身急旋半轉，僅僅避過他的致命一刺。我這樣是冒了極大的險，為的就是埋身近距離攻擊他。我正要一劍刺向風武士時，哪知他一棒橫撥，竟把我攔腰撞開。我避開了他的矛頭，卻避不開他的長棒，受了他一棒，我以破船為中心，急旋半圈，看來就像會連人帶船翻進海裡，但就在我要觸及海面時，我一掌打向水面，用靈力把我回彈過來，並順勢一劍劈向風武士。風武士沒有擋格，反而急速而退，他來去自如，真的是乘風而來，乘風而去。

　　跟著他再次如風似雪般的運矛再次刺來。面對他的快矛，我靈神專注，也一劍比一劍快，一一擋格。兩人快來快往、快攻快守，旁人若從遠處望來，根本已看不到他和我如何出手，只看到矛頭的青色激光幻化成點點星光。他的矛雖然刺得極快，我亦從沒有落於後手。他的快攻激起了我的雄心，決心跟他鬥快，我也以極速揮劍擋格，防守之餘還偶有進攻，就這樣

天空遠處看來就滿布青色和黃色的點點繁星。

其實我這時的劍術已遠超少年時，但我還不知我可以有多快、有多大威力。這時全力施展，我越來越得心應手。在接戰之初，我心裡仍帶點忐忑，但這時我反而樂於挑戰自身的極限。畏懼之心既去，靈神專注，激光劍的威力越發增強。我自小習的是中國劍術，而不是西方劍術，中國劍術中的刺、劈、點、崩、掛、撩、抹、斬、截、挑、雲、掃、抱、架，雖不能盡用，但激光劍在我手中的威力也是非同小可。

只一瞬間，他已刺了七矛，同一刻間，我亦已回了八劍，把風武士逼退。但我還未把我的劍耍到最快，我還可以更快。我曾說過我用劍快速，因為較多用手腕使劍，其實這也是中國劍術中打穴的手法。中國劍術較重輕靈，我所習的劍術主要威力只需要用到劍身前面三數寸的劍尖即可發揮。不同於西方劍術，中國劍並不刻意去擋格對手兵器，而是在閃避敵攻之際，再尋隙進攻。只要劍尖靈動疾點，對手就已難以招架。當然我現在用的不是慣用的軟劍，沒有軟劍的柔韌性，但激光劍整把都極有殺傷力。現在既然是鬥快，我這刻還是主要用劍尖攻敵。

風武士也用他的激光矛急刺，似是誠心要和我鬥快。他越刺越快，就像同時有千百支矛一起刺過來一樣，威力真的非同小可。我立時想到古希臘時的馬其頓方陣，那方陣由千百之長矛並蓄而至，其威力可說是所向披靡，但我沒意思跟他的長矛陣硬碰。長矛陣威力雖強，但只要我能埋身搏鬥，我就較有優

勢，因埋身搏鬥我自信會比風武士更快、更輕靈。

我擔心我的第七感不如風武士，想要速戰速決，所以決定冒險一試——就是使用摩比跟我說，一種我從未使用過的能力。我踏著破船奮力一跳，跳到空中，為的是要吸收更多的陽光。霎時我借取了周遭的光的力量，然後奮力飛向空中，沒錯，「飛行」就是摩所說，我最後一種還未懂得的能力。他說火武士和風武士都有翼，固然曉飛，龍武士有駕馭流體（特別是水）的能力，所以也曉飛。人類的光武士雖然沒有翅膀，但就能如同光線在空中傳遞般，也能飛行，甚至當我的第七感達至頂峰時，我的飛行能力更在眾武士之首，只是我之前的第七感還是較弱，所以未能飛行。

但無論我的能力達致哪一個階段，此刻已無暇細想，我全力運用靈力飛行，但結果是一跌而下，直插水面。我盡全力借取身邊光線的力量，同時集中靈力嘗試飛行，結果就在剛觸及水面時，突然拔地而起——我終於也曉飛了，看來我的第七感已大大提升。

但面對強大風勢，要飛亦絕不容易，何況我還是初學乍練，並未控制得好，要與烈風對抗絕不容易，但我突然醒悟，就把剛剛逆風而飛變成順風而飛的狀態。一般飛機都傾向逆風飛行，因逆風會為飛機提高升力，會較安全，但一旦飛在空中，順風飛行就可以減省原料。現在我隨風而飛，雖然不能隨心所欲控制方向，但順風而滑翔就不用抗拒逆風，會輕鬆省力得多。

風武士見我一刻間就學會飛行，顯得有點詫異。但他沒有停下手來，他的激光矛不住的向我攻擊，除了伺機直刺，亦會橫劈，由於矛長，橫劈時也威力強大。正正因為他的矛長，我一時亦難以攻近他的身旁。由於我飛在空中，本來對戰時應更靈活有利，但由於飛行需要氣流配合，但氣流都在他的控制之下。我的劍快、曉飛行，他的矛長、能控制氣流，可說互有勝場。所以霎時我們就呈現僵持的局面，誰也難以取勝。由於久戰不下，他亦知道武術上佔不了我的便宜，顯得有點急躁，於是把在南大西洋的颱風也運上來，甚至把北太平洋的颱風經中美洲也運過來，想把各颱風合攏，以強風之力壓倒我。

由於受到因地球自轉而產生的科氏力的影響，歷史上從沒有颱風能橫越赤度從南半球吹至北半球，甚至連接近赤道也不會，所有颱風的軌跡都起碼離開赤度 5°。而亦從沒有巨型颱風由太平洋橫渡中美洲至大西洋。單看這些風暴的奇異軌跡，風武士駕馭風的能力實在令人咋舌。

一時間我和風武士打得難分難解，他左手執著那張激光網，一直靜待時機撒出，從那網的網節可以看到有很多小水晶，有些閃閃生輝，說不定就是鑽石。這些水晶的作用應像我劍柄的大鑽石一樣，用來把風武士的能量聚焦再釋出。那網中的多個水晶節點就有激光互相連接，據摩比說，普通人若被他的網網住，立刻就會被肢解喪命。我們七武士有靈力護體，所以不會致命，但還是有機會受傷，就是能免於受傷，一時三刻也難於逃脫。如果我被網中，恐怕最後只可以束手就擒，是以

我一直小心翼翼防範。

過了一刻，我為要避開風武士的攻擊，低飛過海面，突然再次聽到呼叫聲，似是有人被困在破船之中。我聽後大急，霎時驚覺之前踏在破船時，就好像隱約聽到呼叫聲，當時無暇細想，後來靈神專注，甚麼也再沒聽入耳中，現在想來應是求救聲。這刻我雖然未落下手，但苦於戰況一直膠著，我如何可以騰空去救破船中的人。我急謀對策，於是想再次迫近風武士身邊，想埋身搏鬥以謀取勝。我不再正面接戰，反而不斷在風武士身邊遊走飛行，想伺機乘隙而入。風武士當然猜到我的想法，而他能控制氣流，要逆風飛近他，絕不容易。

轉眼我們又激戰了一百多招，大家一直尋找不到機會，他沒有機會撒網，我也沒有機會迫近他身邊，這樣打下去恐怕會是一場百日爭戰。就在雙方不斷爭持之際，各個風暴卻已靜靜接近，合攏之勢漸漸形成。

就在此時，我看到一架飛機飛近，這是一架民航機。說它飛近，但實在是身不由己。它肯定是受風暴影響被迫偏離自己的航道，為了逃避風暴才飛到附近。由於數個風暴合攏，令這架飛機越來越偏離自己的航道，在沒有選擇之下，竟越飛越接近我們。它現在的航道不是趨向平安，而是步向死亡，這可說是為了逃避災難，卻反迎向災難。這刻以我的超卓視力，我甚至可以透過飛機身上的圓窗看到機內的眾人神態驚惶。

眼看它越來越危險，這艘民航機上起碼有數百人，當我聽到破船中的呼叫聲，遠看飛機內惶恐的眾人，突然起了惻隱之

心，不忍看到這麼多人死亡而不施以援手。於是我想用靈力幫它脫離風力，但四個風暴越來越合攏，我實在不知道要引導它飛往何處，亦不知何處才是安全，而且飛機這麼大的物體，我也不知道能否用靈力把它控制住。

無論飛機或破船中的人都應該不能支撐多久，強敵當前，我又不能抽身，我實不知如何是好。

風武士見機甚快，見我注視飛機，攻勢又緩了下來。他竟也放緩了攻勢，反加速風暴迫近飛機，要看我如何打算，然後伺機攻擊。眼看飛機就要失事，我知道只要稍有分心，就可能會當場敗陣。

世界上的各種物理量場如磁場和電場等都是距離越遠，場力就越小，電場、磁場、引力場皆是，就連靈力場也如是。東西越遠，就越難以靈力加以控制。想要更好地控制飛機飛行，我急飛至飛機旁，想引導它飛往安全航道。由於飛機載人較多，我選擇了先拯救飛機。

飛機內的人本就甚為驚恐，當他們從機艙窗口看到竟然有人飛在外面，就有不少人尖叫，不久他們又再看到一隻如人如巨鷹的鷹武士，這巨鷹還全身穿上盔甲、手執武器，更加尖叫不斷。機倉內的人固然恐懼，在機長室內，機長也是一籌莫展，縱管已盡了全力，飛機卻越來越不受控制，他只能暗自禱告，求神庇佑。

風武士當然不會錯過這絕好機會，他立刻挺矛攻擊我，我只得暫時不理會飛機，全力抵擋，但這樣又成了僵持之勢。

風武士見得不到甜頭，又再轉變策略，十下攻擊中只有三下向我攻擊，而有七下竟改向航機攻擊。這樣一來，我又要抵擋攻擊，又要護住航機，霎時就感到非常吃力。

這樣打下去，不出五分鐘我就會輸了。航機內的乘客也看出了端倪，一些仍不停在尖叫，一些就為我打氣，一些大膽的更取出手機不停拍攝。我知道我要作出抉擇，一是放棄航機讓它失事，讓破船中的人失救，而我或者能取得勝利。二是我繼續護衛航機，但敗下陣來，那麼我和航機上的人、破船中的人都會一同死掉。理性告訴我，答案是明顯的。

突然風武士的一擊把機翼打斷了，眼見飛機直接墜入大海，在千鈞一髮之際，我突然把懷中的黃磷擲向風武士，跟著燃燒我的第七感至高峰，盡借烈日陽光的靈力，以毫秒的速度不斷出劍刺向黃磷，黃磷被擊碎，化作點點火花，黃磷一經燃燒，可達至過千度。這火花就如千顆炮彈，又如流星雨般狂射向風武士，這火雨攻勢霎時間把風武士迫得後退。

就在我迫退他後，我急飛到海上，眼看飛機已墜入海中，速度雖然大幅減慢，但卻持續下沉，在飛機快要沉下大海之際，我急把劍光由黃色轉成紫色，使出摩比的本領，令溫度急降，瞬間就把海洋結成冰塊，冰塊越結越大，成了一座冰山，浮在水面，而飛機就 45 度的半插在冰山中。當然時間一長，機內的人或會凍死，飛機雖然未致安全，但短時間應沒有太大危險。

我一擊成功，救回飛機的乘客，心裡甚是高興，我急飛往

破船，想救破船中的人。我一踏在破船上就一劍劈開船身，果然見一少女困在船中。我劈開船前，水已不斷湧入，少女困在船艙中，已然沒頂。我一破開船身，它就迅速下沉，我及時一把把少女拉到懷中。哪知一拉，竟然除了拉起那少女，也一把拉起另一個女性。原來在那少女身下，一直有另一位女性用雙臂支撐著少女，托起她的身軀，令她不至於完全沉沒在海中。我急忙把海面結冰，把兩人放在其上。

哪知我一救起兩人，風武士就立刻攻來，我立時一腳踏水，在海面濺起無數水點，以冰寒把水點盡數結冰，再揮動激光劍擊起一股強勁氣流，把冰粒盡數激射向風武士，稍稍阻慢風武士。我把握一刻時機一探兩人鼻息，那在水底下的女性早已氣絕，但少女尚有微弱氣息。想來是那女性在死前以雙臂全力支撐少女，這少女才得以生還，看年紀，這女性或是這少女的媽媽。這一刻令我想起媽媽，我心中大感哀慟，十分懊悔，內疚為甚麼沒早點回應那呼叫聲。眼前的少女氣息微弱，已失去知覺，全然沒有反應，如不急施救援，恐怕也難以活命。我才探過兩人鼻息，風武士就再次攻來，我只得放下少女，奮力抵擋。

為保少女平安，我一劍劈開腳下冰塊，分成兩邊，少女和女死者在一邊，而我在另一邊，然後我全力一撐後面的冰塊。作用力和反作用力作用下，令我腳下冰塊迎向風武士，另一邊的冰塊就急速後退遠離我們。跟著我如暴風般撲向風武士。

我眼望浮冰上的少女，內心有點歉疚，但真正令我在意

的是那死去的女人，她令我想起媽媽，受盡一切苦楚仍然盡力保護自己的媽媽。霎時間我怒火攻心，如箭般飛向風武士，發了瘋般的揮劍攻擊，我之前一秒內可能擊出數十劍，這刻就肯定達數百，而且還越來越快。這時我如瘋似癲的攻擊，只攻不守，要來個兩敗俱傷的打法，這樣的威力令風武士不得不節節後退。眼看風武士快似招架不住，他急用靈力在海面捲起一條條的水龍捲襲向我，但水龍捲的威力遠比暴風少，我全沒理會，一心想著就算受傷，也想全速打敗風武士。我的怒火確令我劍上的威力倍增，但亦令我心浮氣躁，變得衝動。幾個水龍捲突然一起捲至，雖不至令我受傷，但還是令我出劍的準確度大打折扣，飛行軌道稍有偏差，風武士就把握時機一矛刺至，刺中了我的左臂，若不是我轉身稍快，差點就刺中心臟。受傷反而令我稍稍冷靜，我知道再也不能急進，否則只會未勝先敗。

於是我回望腳下的各個水龍捲，巧妙的一一避過。但當我轉身打算再戰風武士，卻赫然發現他失去蹤影。

我漸漸被包圍在四個風暴的中心，而風武士消失得無影無蹤，我想他已飛到了某個風暴的背後，用靈力驅使風暴全力向我進迫。四個颶風漸成合攏之勢，我感覺風力級數暴增，風力之強已經令我有刮面之痛，這刻我見到海水不斷被扯到空中，若不是有靈力護體，水點以極速打到身上，會形同刀割，絕對能造成傷害。突然間其中一個暴風刮起一艘駛經附近的運油船，並捲至空中，運油船在空中破裂，汽油被船隻的馬達點

燃，霎時間暴風就成了一個特大的火龍捲。

火龍捲的威勢甚是嚇人，單單一個火龍捲我已不知能否應付，我想如果四個颱風真的合攏，其風力可能比我在 TY571 中經歷的風暴更強，再加上強大的火勢，我也懷疑自己是否會敗下陣來。風武士躲到某風暴中，應該是想讓我忙於對抗風暴，再伺機偷襲，這對我極為不利。

就在我束手無策之際，我忽然想到風武士很可能躲進某風眼當中，而風暴中心的風眼就是風力最薄弱的地方，如施以全力一擊，或能一舉戰勝。但眼前共有四個風暴，究竟哪一個才是他的藏身之處呢？會否某些風眼其實是他佈下的陷阱，誘我走進。他一直伺機向我撒網，但一直沒未能找到任何機會，會否這刻就是他刻意佈下的陷阱引我自投羅網呢？一時間我有點難以抉擇。

就在我難以抉擇之際，突然靈光一閃，我留意到四個風暴中，三個是逆時針轉的，另一個是順時針轉的。順時針轉的，應就是從南半球來的那一個，因為受科氏力的影響，只有在南半球的颱風才會順時針轉的，在北半球的颱風都是逆時針轉的。我想到摩比說過靈力越遙距，靈力就越弱。

我在想正常如果風暴由南跨至北，理應先減弱至零，然後再重新逆時針轉動，否則就會與地球自轉相違抗，令風力減弱，這就是為甚麼從沒有風暴從南至北。但由於風武士急於把風暴合攏，這風暴由南而至，卻沒有一刻減弱。要持續用靈力維持這和地球自轉相違的強大風力，越遙距就會越吃力，我立

時就想到風武士的藏身之處會否就在此風眼中呢？

　　我已無暇細想，只能相信我的直覺。我決定孤注一擲，順著風勢，急飛至那風暴的頂部，盡全力向上飛，奮起我的第七感，借取身邊所有光的力量，再把我所有的靈力集中，然後向那風眼作出從未試過的攻擊，就是把激光劍當作弓箭射出，把所有力量都射向該風眼。

　　我從未試過遠距離攻擊，但我知道我可以。摩比說過，只要靈力足夠，就可以遠距離追擊。我把身上的軟劍拔出來，再把強力弦線綁上軟劍成為弓，激光劍作為箭，就成了一把簡陋的弓箭。

　　我傾盡全力將激光劍如箭射出，我知道勝負轉眼就會分曉。

第七章
影子聯盟

霎時間，風勢漸漸減弱，我滿以為一擊即中之際，但風勢瞬間就再次增強。原來我的一擊竟然還是落了空，就在一擊之後，風武士的一張激光網就向著我迎面罩來。然而我的激光劍已離手，無力抵擋，只能運起靈力保護自己，轉瞬已被激光網罩著，縱然有靈力護體，不致被分屍，但我已然落敗。

這刻風武士終於在巨風中現身，他執起激光矛對準我，只要一揮手，恐怕我就難以活命。

「投降吧！既然打輸了就應投降，投降就饒你不死！」

在這危急關頭，我突然想起我的哥哥。

哥哥和我的關係非常好，但我們的性格完全不同。我的性格比較隨和，亦不好勝，哥哥則和我完全不同。哥哥讀書非常出色，就連運動也十分優秀，再加上父母都是著名科學家的關係，他自幼在學校就是「風頭躉」，所以十分自負，好勝心非常強烈。我和他玩耍，他永遠只要贏，不會接受失敗，更絕對不會認輸。

曾有一次，我和他下棋，他棋力本高於我，但他一時不小心，走錯了一步。眼看就要輸掉這局，哪知他鋌而走險，棄車棄馬，只求最後勝局。

棋局凶險，我當然也想勝利，其實智力和運動能力上，我也不差他太遠，但卻沒有他那麼好勝自負，再加上他是我的哥哥，我不介意禮讓他。我見哥哥面色不善，本想作和作罷，但他堅持要繼續，並說：「不可以！我絕不會輸！」他棄子入局的方法，就只有贏或敗，不可能會有和局。我也想過暗地裡下錯棋讓他獲勝，但我偶爾也想在某種場合贏他一次，所以雙方還是博奕下去。

　　哪知最後哥哥還是敗陣下來。「好呀！我終於贏了一次！」我高興的呼叫。他則氣呼呼的一把棋盤翻了，之後的兩天他也沒跟我說過一句話。

　　但那次卻是哥哥和我最後一次下棋了。

　　我實不知怎的，竟然在這緊張關頭想起這些兒時往事，可能是每次遇到暴風，都習慣想起哥哥。

　　「打輸了就應該投降？那你會投降嗎？」我回答說。

　　風武士大笑，突然他的笑容僵住，身上竟流下青色的血，面上仍有不能置信的表情。而我則用盡靈力一揮，把激光網揮破了一個小洞，網就掉下海中。我也隨即用靈力拾回掉在海中的激光劍。

　　其實我的力量是比風武士差了點，但只要能集中力量攻其無備，自當還有取勝的機會，只是苦於他躲在巨風中，我在明、他在暗，我難以發動致命一擊。於是我就冒險一試，全力攻擊一個逆向風眼，如果猜中，我自能取勝，若然猜錯了，我還有後著。

哪知風武士的第七感甚強，竟能遙控逆向巨風。我還是猜錯了，我選的風眼是個留有激光網的致命陷阱。雖然得不到我最想要的結果，但還是達到了預期的效果，因為風武士終於現身，我不再處於迷霧之中，而風武士揚揚得意，更是放下了所有戒心。

我就在他放下了一切防備之際，利用靈力召喚水沿巨風而起。及至水沿風繞圈上流，悄然至風武士的背後，我再用靈力令水結成冰矛，激射而出，直插風武士背後。本來這些技倆對風武士這等級數的對手未必管用，只是他見我墮入網中，劍已離手，認定我已敗陣，沒有還手之力，完全放下戒心，我才能一擊即中。他亦想不到我除了盡得摩比的真傳，能控制冷熱外，還從卡卡迪達學到了控制水的一點皮毛。其實這亦是我與卡卡迪達一戰時的重施故技，只不過這次我再加上卡卡迪達所教的一併使用。而我為了取勝，也不管用了誰的技倆，總之能戰勝就好。

戰鬥終於終結，風武士中矛後急用靈力護體，冰矛不算插得太深，我亦沒有殺他的心，冰矛沒瞄準他的心臟，所以風武士雖受傷，但還不至重傷。我盡量調節我的呼吸，不想讓他看到我喘氣，我全身還不住的冒汗。風武士流著血，但其實傷得不重，他的面容瞬間作出變化，其實我難以解讀鷹的表情，只能靠我的想像，我想他應是先詫異或難以相信，再演變至滿意的表情。

「還想要再打嗎？」我知道這等傷並不會致命，我再次擺

好姿勢，仍在努力控制我的呼吸。

「不！不用再比。你雖然使詐贏得一招半式，但這麼短時間第七感已發展得很好！我們應該很快就會再會面的！後會有期。」說罷就用靈力隔空拾回矛與網，跟著展翅向上飛去，原來在高空早有一艘太空船在等待他，只是我全神接戰，一點也沒為意。我想，在我全神接戰之際，若太空船對我作出攻擊，我實在難以阻擋。他剛走，暴風就消失得無影無蹤，我真不敢想像，這樣的烈風如何可以要來就來，要走就走，這肯定是違反了大自然的定律。

那太空船就像一個海膽的形狀，有很多的機械觸鬚從圓形的船身伸展出來，這些觸鬚不知是為了探測環境，還是作攻擊之用。轉眼風武士就飛進了太空船，觸鬚全都收進船身內，而太空船亦由球體，變成了橢圓形，就像一滴水滴的形狀，只不過半圓的部分不是如水滴的向下，而是向前方，跟著它就高速飛離地球。太空船竟可以隨意變形，我對於鷹族人的高科技真感到驚訝。

我知道自己只是小勝了一招，因為我的遙距攻擊還不足以致命，而且我還用上寒武士和水武士的招數，才能殺他個措手不及。我只能打傷風武士，稍稍挫挫他的銳氣。其實第一次作出遠距離攻擊後，我已感到筋疲力盡，只要他把握時機再將風暴合攏，我能否脫離他的網羅亦是未知之數。只是一戰之中，我先後兩次令他驚異，風武士未有再犯險繼續戰鬥，否則毫無疑問我會被他打敗。

但無論勝負如何，我這戰三次突破自己，先是飛行，再是遠距離攻擊，最後運水以冰矛攻擊，我不禁為自己感到自豪！但我此刻擔心的不是勝負，而是生死未卜的少女。我把水面大幅結冰，再用靈力把斜插的飛機拔出平放在冰面，既然風暴已除，我相信救援隊伍很快會到，飛機的一眾乘客理應會平安無事。只是少女氣息微弱，我不可能留她在冰面等待救援。

　　我抱著少女飛回小機場，摩比和保羅早在等我。摩比拍拍我的肩頭，對我作出嘉許。保羅在車中早準備了急救用品，這時拿了氧氣瓶幫助少女呼吸，也不知道為她注射了甚麼藥物，跟著對我說：「別擔心，她應該會康復過來，只是需要時間好好休養。」

　　正當我們準備離去時，幾輛插著白旗的車輛快速駛近，我們對望一眼。難度禾特又找到了我們？我心裡愁煩，我回到地球是為了報訊，而不是和各國糾纏戰鬥。這刻我本可獨自飛走，但摩比和保羅不能飛行，我不能丟下他們。我把少女交給保羅照顧，雖然我的體力還未完全恢復，但我已準備好再次戰鬥。

　　一部車輛和一架貨車駛近，四個人下車，兩位是白種人，另外兩位是黃種人，全都沒有穿外套，下車後就舉高雙手及轉身，好讓我們知道他們沒有武器在身。

　　「是禾特派你們來的嗎？」

　　「不是！不過他們亦應該快到了。」

　　「那你們是甚麼人？你們想怎樣？不能放過我們嗎？莫

要迫我對你們不客氣！」我不耐煩的問。

「你誤會了，我們和禾特並不是同一伙的，我們是他的敵人。」

「那你們是中國派來的？」我望著帶頭的那位亞洲人說。

「中國政府也不歡迎我們。」

「難道你們是俄羅斯派來的？」

「俄羅斯政府對我們更是恨之入骨。」

「那你們是……」

「影子聯盟！」

影子聯盟是一個聯合國際黑客的地下組織，就在智能叛變——人機大戰初時，各國政府各自為戰、爾虞我詐，甚至還想借機械人軍團的手剷除敵對國，各國的黑客眼看地球勢危，本來以往是互相攻擊的團體，就在地球最危急的時候結盟，想藉著自身的力量拯救地球。他們本只是黑客，但就聯絡了各地的科學家和民兵力量，以圖對抗機械兵團。他們來自不同國家，起初美、中、俄這三個黑客大國的黑客聯盟，跟著以色列、法國、德國、日本、印度、澳洲、韓國的黑客也加入，後來再有更多國家的黑客加入。他們每位成員都許下誓言，必須先把地球的利益凌駕在本國的利益之上。如組織的某個行動對某成員的本國不利，只要該行動符合地球的利益，大家都要服從，那成員可以選擇退出該行動，但絕不能預警及破壞行動。

他們冒了多次險，駭入機械人的電腦內，竊取它們的行動情報，改動了它們的彈道軌跡，又嘗試修改它們的程式，並多

次發放假消息給它們。人類最終能打勝仗，影子聯盟著實功勞甚大。而在聯盟內最有名的黑客是來自日本的鬼塚翔太，他被譽為電腦奇才。

在地球光復了後，本來有許多人要求論功行賞他們。但由於影子聯盟堅決反對服膺於個別政府，而且他們擁有武裝力量，所以很快就不容於各國政府。若不是他們有戰功，對付他們有礙於民情，各國政府早就將這組織禁制查封，以及將眾成員收監，最後影子聯盟仍是維持地下組織運作。但隨著時日過去，有報導傳出，因著各國之間的紛爭衝突，再加上各國政府的暗中打壓，有部分不同國籍的聯盟成員先後退出了聯盟，亦有各地的民兵團因政府的打壓而選擇退出。其實這種跨國、跨利益的結盟本來就脆弱，一旦危機解除了，凝聚力就會減弱，分歧和紛爭就會再次浮現。這幾年已沒有甚麼聯盟的新消息，我以為聯盟早已瓦解了，哪知原來不是。

「我怎知道你們不是禾特的人假扮？」

「這容易。」

他們其中一個像是中國人的人慢慢走前，示意要在我耳邊說話。我把頭稍稍前傾，也把耳朵轉向他。

他在我的耳邊說了三個秘密，是中、美、俄元首的私密，一如 JFK 為何人所殺等這些鮮為人知的秘密，這些秘密絕不像是胡吹亂謅。雖然聽後我還是半信半疑，但如果他是某一國家的特工應該絕不會知道他國的這種秘密。

「不再懷疑吧？」

我點點頭：「你們想怎樣？」

　　「希望你們能幫助拯救地球！」原先帶頭的黃種人說。

　　跟著那剛在我耳邊說話的中國人說：「此地不能久留，禾特很快就會到，我們冒了很大的險來找你。你當然不怕禾特，但我們怕。我們找個安全地方再說吧！」

　　原來是禾特先找到我們，但影子聯盟駭進了禾特的系統，得知我們的所在處，然後竄改了禾特的系統，令他們去錯地方，但這些把戲不能欺瞞禾特太久，他很快就會趕來。其實俄羅斯特工也發現了我們，只是在美國境內，他們不敢太冒險亂動。果然我們走了不夠十分鐘，禾特就趕到，他未能發現我們的蹤影，暴跳如雷。

　　我雖不願承擔保衛地球的重責，但我也樂意結交那些願意保衛地球的人，由他們承擔保衛地球的責任更是我所樂見。於是我們跟他們回到城中，在一處頗隱蔽的市郊工廠中躲下來。這工廠不算太大，亦像早已廢棄，應已停止了運作，只是它外表還不算太殘舊，這樣的建築又的確毫不起眼、易於躲藏。這裡雖是市郊，不是市中心，但我仍奇怪影子聯盟竟然會在城市市郊中躲藏，但這或許就是所謂最危險的地方就是最安全的地方。在途中我已表達少女急需治理，我們一下車就已有一名醫生迎過來，再和幾個人把少女帶到醫療室診治。

　　我們一行人走到內室，當中有一部大型電視正播著新聞報導，這刻城中正熱切討論風暴消息，電視上所有話題都是討論風暴因何會從南半球走至北半球、因何風暴會橫渡中美洲由太

平洋到大西洋、風暴因何會合攏、風暴因何會突然消失得無影無蹤等等，電視上不同專家正為一個又一個的科學之謎解畫。各式各樣的專家紛紛在電視上發表自己的理論，但他們無論如何努力解說，也未有一人能令群眾信服，世界上越來越多人相信這種種奇怪現象都是出於外星科技的力量，而且更有人說看到 UFO 在大西洋上空出現，再加上飛機上的人被救援後力證見到外星人，這刻民間就充斥各種陰謀論及恐懼。

　　就這樣開始越來越多知情人士相信我們之前在聯合國所說的話，就是一般民眾也相信我們在電視台所說的，真的有外星人要來侵襲地球。很多人都開始叱責電視台做假及政府在說謊，並且不少民眾要求知道真相、要求見我們，有些人更懷疑我們是否已被政府活捉和禁閉。

　　「我叫鬼塚翔太，一般人都叫我鬼塚。」帶頭的亞洲人就是鼎鼎大名的電腦奇才。「他叫俊雄。」鬼塚指著他身旁那個中國人，然後陸續介紹各人，其中還有美國人摩里斯、法國人多明尼克、韓國人金智旭和印度人拉吉夫辛格。

　　這時有人從我身後的門走進來，我還未轉過頭望向他，鬼塚就接著說：「還有我們的領袖——維達雲信。」這名字令我吃了一驚，那人就在此時走到我面前，果然真的是維達雲信！更令我吃驚的是，我完全沒想到這個全球最厲害的黑客組織，其首領竟是現今的全球首富。

　　原來維達的父親——佐治雲信也是全球的首富，他縱然富可敵國，但不想與任何政府為敵，而且他是軍火商，難免與各

國政府同謀合污。只是維達有抱負，不甘只成為一個成功商人或首富，他更想拯救地球，揚名立萬。所以維達瞞著父親，在人機大戰中，主動聯絡影子聯盟，全力資助他們，同時幫他們籌劃。亦是在他的資助之下，影子聯盟才得以日益壯大，最終在人機大戰中立了大功。眾黑客本互不從服，亦看不起一般財閥，但維達的全情投入，精明的頭腦及個人魅力最終不但令大家對他改觀，更推舉這個不是黑客出身的人為聯盟領袖。當然此事最終也瞞不過他父親佐治，但由於聯盟已做得有聲有色，再加上維達一意孤行，所以他雖反對，亦沒法阻攔，只得提醒維達要小心，以及不要暴露身份。因此維達一直極之低調，各國雖有懷疑，但亦未能確實他的參與，亦不想輕易得失佐治。維達的出現令我大感意外，想不到他才是聯盟的真正領袖，亦並不避嫌來見我，這也可見到他對我們的信任。

看見維達又令我想起媽媽，他可說是我媽媽的偶像，她終日盼望我將來能有他的成就。這刻見著，我的心情可說有點悲喜交集。

「我們相信你們所說的話，請指示我們應如何防衛地球！我們有的力量不多，但定然會竭盡所能！」維達對我說。鬼塚較沉默，維達和摩里斯都能言善辯，所以只要維達在場，一般來說他都是發言人，維達不在時，就由摩里斯替代。

「我想我們應先了解地球各國的防衛力量。」

「我們的武裝力量並不多，我父親絕不容許我動用他的軍工，所以當然遠不及各國政府。但我們擁有資訊的力量，當然

我亦會以財力大力支援，但在抵抗外星力量上，我想單單資訊的力量和財力都起不到多大作用，我會盡力說服我父親支持我們。但我知道各國政府已秘密地積極備戰，所以我們更肯定你們沒有說謊，地球確實正面臨外星生物的侵襲。並且美、中、俄三個超級軍事強國已經展開了兩次閉門會議，商討如何協防。」維達說。我想果然在政治上，沒有永遠的敵人，也沒有永遠的盟友，各國還是爾虞我詐，邊打邊談。

「其實究竟是甚麼外星生物會侵襲地球？」鬼塚問。

「狼人大軍……」保羅答道。

「我們要面對的竟然就是狼人！」俊雄大驚並打斷了保羅的講話，其他人都同樣表現驚訝。

「你相信有狼人嗎？」我問。

「信！因為我們早已駭入醫院的保安系統，看過狼人的片段，只是這片段從沒有向公眾公開。」維達說。

「你們相信就好！只是我們面對的不只是一隻狼人，而是狼人大軍，我想起碼會有數十萬，甚至數百萬。」

「這麼多！」俊雄再次打斷保羅的話。

「狼人竟然是來自外星的嗎？那他們有沒有先進的武器？」摩里斯問。

「狼人是來自大犬座天狼星附近的星體，他們要來擄掠地球的資源。雖然他們來自外星，但他們卻沒有使用先進的武器，因為他們自信狼人本身就是強力的殺人機器。」保羅回答。

「那他們有甚麼武器？我們要如何準備才能消滅他們？」維達問。

「他們有鋒利的牙和爪，而且強而有力，能輕易咬碎骨頭或用爪將人撕碎，一般連刀槍劍炮都不能殺死他們。狼人就算身首異處，身體還會繼續生存一段時間，唯一能殺死他們的，就是徹底摧毀他們的心臟。更重要的是他們的口水有一種細菌能將人的基因改變，把咬過的人變成他們的同類。他們雖然不隨身配備武器，但不少狼族戰士也配有激光狼牙棒或激光劍，他們的太空飛船也應該會裝備死光炮，能遠距離造成大規模死傷，要抵禦他們，核彈攻擊差不多是唯一的選項。當然像這兩位武士般能駕馭靈力的，個別狼人當然不是他倆的對手。但我再次強調我們要對抗的是狼人大軍，就是兩位也沒有絲毫優勢可言。」保羅指著我和摩比。

「其實禾特不知道如何活抓了一隻狼人，並進行了深入研究，據聞他們還打算複製這狼人，或希望能複製他的能力。只是實驗尚未完全成功，那狼人就在你們上次破壞了他們的地下實驗室時逃走了，更奇怪的是狼人現在竟然不知去向。」維達說。

「你怎麼會知道的？難道你們在禾特處有臥底？」我問。

「不是，我們不是特務，沒有臥底的。」鬼塚笑了一笑：「要駭進禾特的電腦極之困難，他的保安級別可是最高的，為人亦極小心，但其下屬和隨從的防避意識遠不及他，個別為了方便，更用私人手機和帳號來辦公務，他們手機的保安級別亦

較禾特低，要駭進他們系統其實也很困難，但我們還是可以做到的。只是套取來的資訊絕不能隨便使用或公開，否則一旦給禾特發覺了，就會立時修補漏洞，要再駭進他的系統，就會非常困難。」

「要複製狼人絕不容易，以地球的科技，就算再過數十年也未必會成功，要複製他的某種能力或許五六年後會有小成，但既然那狼人已逃，他們的實驗就更難成功，起碼絕不可能在狼人來襲前就成功。」保羅繼續說。

「那我們要怎樣防禦，如果核彈在地球胡亂發射爆炸，那麼就算把來襲的狼人殺盡，地球也必同遭摧毀！」摩里斯問。

「把他們引到月球去，然後再用核彈對付。」我突然說。但當我再細想，就有點後悔，我當然不想摧毀月球，因閉月的衣冠塚就在那裡，但看來這是唯一的折衷方法。

「但要如何引他們到月球去呢？」維達問。

「他們來地球有兩個目的，第一個固然是要侵襲地球的資源，但他們不只想擁有地球上的資源，更想將地球變成他們的一個大牧場。」

「大牧場？」俊雄驚訝。

「是的。他們是肉食性生物，地球有七十億人口，只要妥善牧養，對他們一族來說可算是食之不盡。」

俊雄、智旭兩人同時伸舌頭，咋舌不已。俊雄跟著轉向智旭說：「看來狼人比你更貪吃。」

「何以見得？」智旭問。

「我是狼人就不會想吃你了，可見他們真的飢不擇食！」

鬼塚止住兩人的話：「勿打岔！」

「狼人大軍來襲地球還有第二個原因，這第二個原因就是要來殺我和光武士，恐怕第二個任務對他們來說比第一個任務更為重要。」摩比接口說，並指向我。

大家都因突然聽到這巨熊說地球的語言而大吃一驚。

「那你和我便是魚餌嗎？」我說。

「對，但我修正一點，你才是他們的首要目標。我想以你為餌，所以你才是能否拯救地球的關鍵。」摩比回應。

我可不怕做餌，做賊匪時我早就經歷過無數風險，我亦先後挑戰了水武士和風武士，反正我就要殺盡狼人為媽媽、細威和成浩報仇。只要能報仇，我就能提起勁來。

「你們能使用地球上的核武器嗎？你爸爸的兵工廠有製造核彈嗎？」保羅問維達。

「要使用核彈超級困難，我爸爸的工廠雖有製造核武器，卻受極嚴格監管，沒法使用，各國政府亦絕不容許私營機構使用核武器。而美、中、俄三國核武器的保安級別非常高，絕不容易攻破。其他國家核武器的保安系統或許會有漏洞，但其質量和數量都遠不及前三國，如果狼人大軍以百萬計，只有美、中、俄的核武器能有足夠的力量摧毀他們。」維達說。

「應該還有別的方法，月球上有開發氦3，亦有提煉工具，我有方法只要加以提煉和配上飛彈裝置，就可以造出簡單的核彈，或可以把這些核彈裝在人造衛星或太空船上，造出自殺衛

星，最重要的是月球上的設施的保安應不難被你們攻破。」保羅說。

「那我們要做甚麼配合你們？你們又會何時出發去月球？」鬼塚問。

「我還需要一些工具，你們可以幫我準備，準備後摩比和永照就可以出發。」保羅說。

「那你不一起去嗎？」我急問。

「我在地球上有非常重要的事要做，對防衛地球絕對有幫助！」

「我們還可以招募和訓練一些人類戰士來抵擋狼人大軍。」摩比說。

「可以嗎？要怎麼做？」我急忙問。

「別的人類戰士就算如何特訓，也不可能有你我般的能力，但要單對單應付狼人還是可以的。」摩比說。

於是大家商討如何分配工作，和如何執行。

會議結束後，維達就離去了，回去兵工廠作準備。他來此處的行蹤必須低調小心，免得外人發覺他和影子聯盟的關係。其實他也不會經常在此處現身，此次親身到來只是為了見我和摩比。在他離去後，我問鬼塚：「可否幫我一個忙？」

「甚麼忙？」

「幫我找一個人，一個叫咸美頓的人！在去月球前我要先找到這個人。」

「可以。要駭進特工和國防的電腦系統非常困難，但警方

的電腦系統就容易得多。你稍等，我相信最多只要幾個小時就可以，我想晚飯後應該會有消息。」

各人走後，我和保羅去了醫療室，探望那少女，醫生跟我說少女已沒生命危險，並已甦醒，只是她曾於水中短暫缺氧，所以這刻還未完全恢復意識，但她的昏迷指數只是屬於輕度。GCS 昏迷指數共分三級，按睜眼反應（eye opening 總分為 4 分）、說話反應（verbal response 總分為 5 分）和運動反應（motor response 總分為 6 分）來計分，被評估者反應越大，分數越高，越少反應就分數越低；如能自動睜眼看外界的可得 4 分、完全沒有睜眼反應的就得 1 分。總分 13-15 分為輕度昏迷；9-12 總分為中度昏迷；若是 3-8 分的就是重度昏迷；昏迷指數低於 5 的是判定腦死亡的先決條件之一。

經過治療後，醫生相信她會康復過來。聽到她能康復，我也稍稍安心，自覺總算為那死去的女人做了點事。離開醫療室時，我突然想起一事，於是我問保羅：「為甚麼我流的血是黃色，鷹族的風武士流的血是青色，而摩比流的血又是紫色的？」

「其實就是在地球上，也不是所有生物都流紅色的血。」

「是嗎？」

「是的，章魚、墨魚、魷魚、亞馬遜牛奶蛙及馬蹄蟹（鱟）等生物都是流藍血的，還有些生物如水蛭、綠血蜥蜴等的血液則是綠色的。腕足動物如蚯蚓的血液有些是淡紫色，有些則是玫瑰色，節肢動物的血液是無色或淡紫色，而昆蟲的血液有黃

色、橙紅色、藍綠色和綠色各種顏色。所以地球上不是所有生物都是紅血的。」

　　其實血色蛋白有血紅、血藍、血綠、血紫、血釩（可呈綠、藍或橙色）、血錳（帶氧呈褐色）六種蛋白。人類的血液有血紅蛋白，章魚、墨魚、魷魚、亞馬遜牛奶蛙及馬蹄蟹（鱟）等生物體內的藍血是因為牠們的血液內缺少血紅素（血紅蛋白），反而有血青素（血藍蛋白），令牠們的血液呈藍色。血紅蛋白中含有鐵原子，血藍蛋白就含有銅原子，兩種蛋白也能運輸氧氣，但血藍蛋白被氧化後，銅就會呈藍色（在脫氧時呈無色或白色，其實所有血液在氧飽和狀態和脫氧狀態呈現的顏色都會有所不同，一般所說的血色都是指經氧化後的顏色）。這些海中生物的血液含血藍蛋白，因血藍蛋白更能通過靜脈運輸氧氣，在深海中非常有用。水蛭、綠血蜥蜴等的綠色血液則是因為牠們血液也同樣缺少血紅素，有的卻是膽綠素（血綠蛋白）。人類的膽汁也有膽綠素，因此瘀斑也是暗綠色的，只是人類的膽綠素含量遠不如綠血蜥蜴。南極冰魚的血是無色的，因其心臟和血管都較大，不用紅血球也能吸取足夠氧氣。

　　因昆蟲的呼吸作用是通過氣孔、氣道再直達其全身，血液不需運輸氧氣，所以不含紅血球，沒有如血紅素等色素，血液只由血漿、白血球和間質液組成，叫血淋巴。這些血淋巴亦不像人類的血液只在血管運行，而是流遍昆蟲的全身。所以昆蟲的血液顏色可以有很多種，如蝗蟲的血是綠色的，因其血中的鉻離子會吸收綠光。昆蟲的血液顏色與牠們吃的東西有關，所

以會受 β 胡蘿蔔素、核黃素、黃酮、熒光素和花青素等影響。除了吃的食物和昆蟲的變態，某些昆蟲甚至不同性別亦會有不同的血液顏色，如雌性菜粉蝶就是綠色，雄性就是黃色或無色。

「至於你和不同外星部族，如熊族、鷹族的生理構造不同，血液的帶氧方法都有所不同。甚至有些外星部族基本不用呼吸氧氣，所以血液的顏色都有所不同。並且七武士血液中的血蛋白，都能製造能量，不同於血紅素、血青素、膽綠素等只運送氧氣，他們的血液結構複雜得多，亦有各自不同的顏色。他們使用的激光武器所展現的顏色就正正是他們血液的顏色！」

就在此時，金智旭敲門說：「大家快來吃飯了。」這個金智旭雖然體型並不肥胖，卻是非常的嘴饞，我經常看到他不停吃東西，此刻雖然已在晚餐前夕，但他還是咬著一只雞腿，慢慢的扯著品嚐。至於辛格就是精於棋藝，只不過太過實誠，常常被多明尼克下棋時欺騙。相反多明尼克就較狡猾，不只下棋時常常悔棋，就是常趁辛格不注意時偷天換日。及後我才知道，辛格是知道多明尼克使詐的，只是他棋藝太高超，除了多明尼克外，再沒有人願意與他下棋。所以即使多明尼克使詐，辛格也不會當面指破，反而有時索性順勢輸給多明尼克，逗他開心，好讓他繼續與自己下棋。鬼塚因黑客實力非凡，是眾人的頭目，但他性格較內向，也不多與人打交道，不工作時大多時間都是一個人在聽音樂。相反摩里斯卻善於辭令，相比鬼

塚更像是眾人的頭目。摩里斯更是撲克高手，不論是 21 點、話事啤或是何種玩法，聯盟內都無人是他的敵手，特別是他胡吹亂謅的能力非常強，亦擅於心理戰。而聯盟內的俊雄，卻是非常出色烹飪高手，據聞他的烹飪技巧比他的黑客技巧還要高超。所以聯盟總部內的伙食一向是由他獨自負責的，只是他比較多言，常滔滔不絕的說過不停，這令我立時想起偉特。我想若兩人聚在一起，一定吵得不得了。他們這些黑客高手，全都智力過人，而鬼塚更是天才中之天才。不過這班黑客的過人之處都在於鍵盤之上，一旦離開電腦就只是個棋痴、饞嘴客、機械痴、電腦痴，就如平凡人一般，有部分甚至難於與人溝通。若說懂得心理，能操控人心就只得摩里斯一人。

在飯桌上擺滿了不同的佳餚，竟然同時有法式、中式、美式的食物，我不禁嚇了一跳。聯盟內的人來自五湖四海，桌上不同國家的佳餚應能滿足各人的胃口。

「全都是你一個人烹煮的嗎？」我問俊雄。

「是啊！」俊雄自豪地說。

我豎起拇指，跟著就大吃起來，很久已沒吃得這麼豐富。

飯後辛格就立刻邀請我下棋，但我推卻了，看到他失望的表情，我有點不忍，但這刻我還有要事要辦。

因飯後鬼塚翔太給了我一個地址，原來短短個多小時，他就找到咸美頓的足跡。他按照我給他的照片搜尋了全國閉路電視，給我的地址就是閉路電視中最後見到咸美頓的地方，可惜這已經是約三個月前的了。之後咸美頓就好像在地球消失了

似的。我的心沉了下去，能找到他的機會渺茫，但我仍是要試試，希望他會安然無恙。鬼塚給我的地址竟就在衛城附近，摩比不能在外隨意走動，我叫保羅跟摩比留在這裡，而我必須去找咸美頓，去一去就會回來，但我出發前當然還是先用保羅的假面具易容。

第八章
重聚

　　咸美頓緩緩的醒來，發覺自己竟然躺在郊野的草地上，他依稀記得剛才好像被綁著受襲，忙摸摸自己的胸腹及頭部，要看看自己的傷勢如何。哪知一摸之下，竟然全沒有傷口，胸腹也不覺得有半點疼痛，反而是有點頭痛，但摸遍整個頭部，都沒有找到任何傷口。雖然有點頭痛，但又不像受了大傷。咸美頓大惑不解，莫非剛才只是發了一場惡夢？

　　他緩緩坐起，想細心思索究竟發生了甚麼事。但一想追憶，頭就越來越痛，亦好像失了憶般，對最近的事竟全然想不起。他雖然記不得近期的事，但卻還能清楚記得往事，還依稀記得和偉特、細威等人好像一同遇襲，但是否真的遇襲，他也未能肯定，而之後的事更完全無法記起。而且為何自己竟睡在郊野中，亦全沒有頭緒。

　　由於越回憶越頭痛，咸美頓不再勉強自己。他想只要回到衛城，就應能解決一切迷團。既然身體沒有受傷，便立即起行趕去衛城。

　　那天晚餐後翌日，我乘坐彈道膠囊終於回到衛城，當然已易了容。此去月球，吉凶難料，我想先確保咸美頓安全，並且也希望找出究竟是誰殺死了細威和成浩，不能讓他們死得不明

不白。

按著鬼塚給我的地址，我希望找到咸美頓。可惜到達時，尋遍整個區域也找不到他，我感到有點惆悵，不知要如何尋找。

既然未能找到咸美頓，我只能默禱他平安無事。我打算在衛城多留一晚，明天才回去找鬼塚他們。這晚閒來無事，竟不知不覺再次去到我慣常去的那間天藍酒吧。我知道既然上次在那裡遇襲，再去那酒吧或會有點危險，但我還是想再嚐一次那裡的熱香餅。我想現今我的力量比前強大得多了，只要事事小心，應該沒有問題，但我卻不知自己已一步步走進陷阱中。

自從上次英國的湯遜上校被德國葛斯中校用電槍弄暈後，他一直心有不甘，他也當然絕不會輕易放棄捕捉研究我。他雖不知道我的下落，但還是想到追查我下落的方法。本來我已易容，他不可能找到我，但我在與風武士對戰時，沒有易容，而飛機內的乘客就用手機拍下了我的面容，亦因此我的真正面貌就曝光於各國政府中。由於狼人事件發生在衛城，湯遜上校用方法再翻查衛市的閉路電視，在醫院及其他地方的閉路電視中都發現我，再仔細追查下去，就找到我的姓名和同伴。他雖然找不到我和我的同伴的下落，但卻找到我們經常聚集的地方，就是天藍酒吧。而本來這次我易了另一個面容，他理應不會發現我，但現代的人工智能果真厲害，湯遜這幾天一直用智能鏡頭監察著周遭路過的人，只要一發現我就能立時發動攻擊。我雖然易了容，與我原來的容貌完全不同，但從我的步姿和小

動作，人工智能就能判斷這易了容的我和原本我有 82% 相似，雖然不是百分百，但湯遜不容錯過任何機會，亦伺機發動攻擊。

這次湯遜早有準備，早已準備了三百多架軍用航拍機，要運用戰鬥機等重型武器去別國執行任務當然不行，但運送三百架小型航拍機，雖也很困難，但還是可以做到的。這些航拍機能發射電子手銬和電網，還配上超聲波槍。

一般人的耳朵能聽到的音頻頻率為 20-20000 赫茲 (Hz)，超越這範圍的就未必能聽到，當然這可聽範圍只是指一般人而言，個別人士得天獨厚，可聽到的聲音頻率範圍會更大。聲音頻率超過二萬赫茲的叫做超聲波，低過二十赫茲的叫次聲波，頻率越高，聲波能量就越高，所以超聲波常用作醫學掃描之用。但這些超聲波無論能否聽到，某些頻段的聲波都會對人造成困擾。由於湯遜不知道哪一頻率的聲波對我影響最大，他把所有航拍機的超聲波炮的頻率都微調至略有不同，務求總有一個聲頻會影響到我。而且三百多部超聲波炮同時發射，其疊加的效果之強，難以估計（當然有些位置也會出現疊減效果）。只要我略感頭暈，航拍機就會立時發射大大小小的電子手銬和電網，務求把我鎖得不能掙脫。總之若三百多部一起迎上，實在叫我難以應付。湯遜早已守在天藍酒吧附近等了兩天，雖然他也不能確定我會否重回舊地，但只要能抓到我，就是要他等上一個月也在所不惜。

要去酒吧，通常我會走過一條小巷來到一塊空地，再走過

空地就會到達酒吧。湯遜不會在小巷動手，小巷的空間狹窄，眾多航拍機擠在一起，它們的威力不能盡用。所以湯遜絕不會冒險在小巷動手，但只要我一踏進天藍酒吧前的空地，他們就會如甕中捉鱉般的追捕我。

但螳螂捕蟬，還有黃雀在後。湯遜上校想到的、查到的，哥巴卓夫少將也一樣想到、查到。他還發現了湯遜在此守候，所以他更謹慎，守在更外圍之處，為免被湯遜發現，他確保兩批人保持了足夠的距離。他沒有動用大量的機械，航拍機雖然體積細小，但三百多部還是不少。所以他守在更外圍，靜待時機。他沒有動用大型機械，也沒有大量的特工，取而代之只是幾輛看來像普通的運油車，內裡盛滿了大量的化學泡沫，當然不是普通的肥皂水，而是混了重劑麻醉藥的化學泡沫，只要用噴頭一噴出，他估計不單止可能將我迷暈，湯遜和他的手下，肯定也會一併暈倒。

就在我走向酒吧，將踏出小巷走向酒吧前的空地之際，突然有飛刀破空而至在我面前飛過，雖然沒有我用椏杈所射的強勁，但也破空聲響亮。霎時我提高了警覺，留在原地不動，靜觀其變，湯遜也立時按兵不動跟著我察看飛刀投到了何處，見它釘在小巷的牆上，霎時我就想起之前與另一匪幫的小巷之戰，那時也有人在天台施放飛刀。但我心想這飛刀，準頭不算太準，離我還有一段距離，實難以殺敵，讓我更摸不清來者原意。定睛一看，我看到牆上飛刀竟同時釘著一張紙條，我一手把紙條抄在手中，再看看是怎麼一回事，內裡竟寫著：「說英

語的螳螂在內捕蟬，說斯拉夫語的黃雀在外。」

原來這飛刀真的不是要襲擊我，反是為我預警。我立時就知道湯遜和哥巴卓夫到來了，這不似是禾特，因為禾特會來得更強勢。以我這刻的能力，我並不懼怕，當然明槍易擋，暗箭難防，但這刻既然已知道有埋伏，就更加不怕。我按兵不動，心裡估算他們設下甚麼陷阱，也在估算甚麼人會給我預警。

我雖不畏懼來襲，但是我不想與眾人為敵。我留在小巷，大聲說：「湯遜上校，別來無恙嗎？上次還沒有等你醒過來就走了，很是抱歉啊！」

湯遜一聽到自己的名字，驚覺自己的埋伏已曝光，立時就籌算如何繼續這次伏擊。但他見到飛刀預警，再聽到我的說話，也高興自己找對了人。但再聽到我提及他上次被電昏，這對湯遜來說是奇恥大辱，此時被我一提，他既尷尬，亦光火。

我繼續說：「葛斯中校也應該到來了吧！不如你們先打個招呼吧！」其實我從紙條提示估計，在外埋伏的應是哥巴卓夫，而非葛斯，只是既然在內圍的是湯遜上校，我刻意改說成是葛斯。

果然湯遜一聽到葛斯的名字，立時怒火中燒，但也驚嚇自己竟然渾然不知有人埋伏在外。

埋伏在外的哥巴卓夫更是又驚又奇，驚的是不知如何會被人發現，奇的是為何我一直說葛斯的名字。

我再說：「不如你們握手言和吧！大家互相攻擊，恐怕有損和氣，若再被電昏，可不好玩，也不好看！」我刻意把哥巴

卓夫說成葛斯，就是要令湯遜動氣。

湯遜聽著越發盛怒，但仍按捺著，不令自己因為憤怒而壞事。他還在籌算要如何活捉我，但他的心思已被我的說話打亂。另一邊的哥巴卓夫也同時籌算如何進退，因已被發覺，就不易有勝算。

在三方僵持之際，湯遜突然發難，他不願無功而退，決定冒險一試，他自忖只要能活捉我，要對付葛斯還有一定的把握。他按下按鈕，三百多部航拍機一同飛出。當然三百多部航拍機要以人工智能控制，而湯遜早就把我的照片輸入電腦，讓人工智能鎖定我攻擊。只是我易了容，他就手動改變攻擊目標，只要湯遜一鎖定攻擊目標及選取攻擊用的武器後，之後各航拍機的飛行和攻擊就全部由人工智能操控，不需再人手操控。

三百多部航拍機這刻空群而出，霎時間半個天空也被遮蔽，天色亦頓然變暗，這等威勢確是嚇人，但我仍站在原地，不單沒有移動，竟還閉上雙眼，一動不動的像蠟像的站在原地，難道是在等待束手就擒嗎？

就在眾多航拍機飛近我，快到了合適的攻擊距離之際，突然間全部航拍機竟然全部調頭向外飛，三百多部竟一同朝哥巴卓夫飛去，他大吃一驚，想不到湯遜竟然被我的話成功離間，連正事也不理，而處理私怨。

他急忙向湯遜處發射泡沫，只見不少湯遜的特工立時就昏倒，而湯遜也被迷昏倒下。但機械可不受迷藥影響，眾多航拍

機對他和他的特工窮追不捨，他們唯有駕車急忙狼狽逃走，並一邊逃走，一邊用槍射下那些追近他們的航拍機。

霎時他倆一昏倒一逃走，湯遜再次落下一個同樣的收場。

但湯遜真的被我的話成功離間嗎？當然不會，他或許會找機會復仇，但卻不會只顧復仇，不理正事，始終活捉我才是他最重要的任務。

原來我是使用了靈力去為自己解圍，我自被警告後，一直用靈力感應兩人的位置，只是一時未能尋著，直至湯遜冒險按下按鈕，我就感應到他的位置。我立時鑽進他的腦袋控制他改去攻擊哥巴卓夫，我只要控制了湯遜，就能讓他鎖定哥巴卓夫來攻擊。其實我討厭使用靈力操控別人，覺得甚是卑鄙，這或許是己所不欲，勿施於人吧！但要兵不血刃地趕走兩人，我沒有更好的方法。但如果我能有別的方法，我會堅決不用靈力操控他人的思想。

湯遜和他的手下不知道還會昏迷多久，哥巴卓夫的手下已全走了，起碼短時間不會再回來，他要擺脫三百多部航拍機，一時三刻絕不容易。這刻危險已除，但我還有一事要做。

「請問何方神聖出手相助？」

只見一人在暗角走出，說：「只要你留下你口袋裡的錢包，我可以留五百元給你喝酒吃飯！」

果然這人就是跟我們兩次為敵的對頭，但他為何要幫我呢？之前因他在天台，我未能看見真身。這時只見這人體態輕盈、身材瘦小，若是女性，說是窈窕就更合適，他面容木訥、

說話的聲音有點怪，我說：「你幫了我！要我留下錢包給你也可以，只是你為甚麼要幫我？」

那人沒有回答，慢慢的走近，在離我不遠處，突然說：「誰說我幫你！」就突然一腳迎面踢來。

我不虞有詐，對這個一分鐘前還在幫我的人為何突然來襲大感疑惑，待要反應過來也來不及。

他連環踢了三腳，中間連夾雜了一拳。由於失了先機，亦因有所顧忌，我就略處下風。我未摸清來者是善是惡，絕不會貿然下殺手，否則以我這刻的靈力身手，要打敗他絕非難事。但來者卻是全力施為，若不使出點真功夫，恐怕會被他小看。

於是我用靈力，隔空拾來一枝樹枝，一枝在手，即運劍如風，立時就由下風轉為上風，那人只能不住的倒退。

「不要打！光哥哥，是我，你不認得我的聲音嗎？」那人柔聲道，他竟變了女聲。

「你是？」我心內在估算一人，但又覺得不太可能，但還是停下手來。

「你是安娜嗎？」雖疑惑，但還是衝口而出說出我的直覺。其實安娜的聲音我還記得，那八天太深刻了，只是面前的人和她面容大異，聲音也不同，實很難說是同一個人。

但我瞬間就明白了，她拉下了假面具，放下她一頭長髮，易容當然不會是我的專利，她的面具雖不像我的先進，不能改變表情，但還是配備了變聲器，因此她的聲音亦有所改變。

「當真是你！」只見幾年後的安娜比從前更漂亮，瓜子臉

頰，朱唇皓齒，雙眼大而明亮，雙目有神且清朗，長髮披肩，容貌清秀出塵，而且還英氣勃發。

「光哥哥，我終於找到你了！」這刻我們都很激動，相擁在一起。

相擁片刻後，安娜突然推開我，再一拳的搥打我的心口，由於太突然，兩人亦太接近，我竟然沒能避過。

「這為了甚麼？」我一臉疑惑的問。

「誰叫你那天拋下我獨自走了！」安娜微笑說。

我回想我們分別那天，我的確近乎不辭而別，而且我從沒有想過，安娜從沒有見過她叔叔，他對她來說是個陌生人，反而與她經歷了八天出生入死的我，對她來說更像是親人。「的確是我不對，拋下你一人實在不好。我當天確實沒有想清楚，要你記掛來尋，不好意思。」此刻我內心感到暖暖的，畢竟在世間還有人因掛念我而尋找我。

「我才不是記掛你，但你承諾了保護和照顧人，就應該做到底！你騙人，就要吃我一拳。」不知怎的安娜突然變得有點腼腆。

重遇安娜實在太高興了，但湯遜和他的特工還暈倒在附近，哥巴卓夫離開不久，我的危機意識仍然叫我事事小心，熱香餅當然也不能再吃了。我立即把安娜帶到別處，去到衛城外圍遠處的一間小店，遠離天藍酒吧。這小店位處偏僻，只提供一些小吃，我們就去了那裡暫坐。

我們互訴大家這年來分別後的遭遇，我猶豫了一會是否要

告訴她我現在已是一匪幫的首領，但既然已先後兩次交手，就是不說，她也必定有所察覺，所以我還是坦白把我的經過始末告訴了她。

我就把我成為匪幫首領的事告訴了她，跟著我還補充：「我早說過我並不是好人！」但我身懷黃血，成為光武士，大戰寒武士、水武士和風武士等全都暫略不講。因為這事實在太離奇，我並不打算騙她，只是覺得現在還不是時候。

哪知我剛說完，安娜就說：「若你不是好人，我也不是！我不也是幫匪首領嗎？」

原來安娜的叔叔本來就是一個匪幫首領（怪不得他和他的朋友看來也有點兇惡），這就是為甚麼安娜爸爸一直不與她叔叔來往的原因吧！安娜投靠了她叔叔後，本來對投身匪幫也極抗拒，但她叔叔那匪幫和我們的作為也相若，就是絕少打窮人主意，做到大買賣時更會不時周濟窮人。而她叔叔的一席話更令安娜改觀，他說：「我們雖然是賊，但卻多做好事。你看看這地的警察貪污瀆職，比我們做更多壞事。其實正邪本不應以身份來分，而是以內心和行為來定義，只要你立志行善，就能做個好人。」

安娜思前想後，覺得她叔叔的話說得有理，而且叔叔是她唯一的親人，亦是爸爸臨終叫她來投靠的，所以她還是留了下來。從此安娜就立志做個好賊，她相信只要有能力，就可以某程度改變世界，即使是小改變也是好的。她更督促叔叔要更嚴格選擇目標，並且定期把部分偷回來的錢財分發給窮人。由於

她也如我般不想傷人及殺人，所以她們行動時只有她和叔叔配槍，亦只有在大家危險時才使用。

起初匪幫眾人都只因安娜是首領之侄，才善待她，亦有輕視及暗暗恥笑她的。但由於她聰慧異常，有膽色，人又善良，漸漸就得到匪幫眾人尊重，她遠比叔叔更有謀略，更不時代叔叔統領眾人。自她爸爸被害後，她更立志要練得一身本領，要有能力保護自己，她從叔叔處習武，並勤於練習，所以身手相當不錯，剛才我只是和她對了幾招，就知道她身手確是不錯。她剛才偷襲我，亦是要一試自己的身手，她早猜到會打不過我，但還是想測試一下。

及後在一次買賣時，安娜叔叔受了重傷離世，其他伙伴就推舉她作為首領。在她帶領下，這匪幫就成了當地的俠盜羅賓漢。聽到這裡我真感到慚愧。

而她帶領的那個匪幫竟就是與我們兩次交手的那幫人，其實我和她幫中的人早在當年我送安娜去麥城時已經見過面，只不過當時匆匆一眼，大家都沒放在心上，誰也沒在意對方容貌，過後就都忘了。後來她們被麥城的警察追捕得太緊，就暫時去了衛城做買賣。

我們第一次交手時，安娜就在天台，那時她已隱約認得好像是我，但當時我戴上帽子，而她在高空，所以未能確認。而且如果真的是我，在兩匪幫相爭這情景下相認，又有點尷尬，亦因此她刻意用了變聲器，及至她從天台跑到下坡時就更肯定是我，只不過大家身份突變，又有其他伙伴在旁，她覺得不便

立時相認，就讓我逃去，其實她身有配槍，她的同伴也奇怪她為何沒用，否則那次我們亦不可能輕易全身而退。

第二次交手，當我和咸美頓到達廣場時，她已發現了我，正因如此，她才命令眾手下撤退。但當時機械特警就在旁，也不便相認。所以在事情過後，她就派手下來查訪我的下落。只是她一直沒說明我與她的關係，只千叮萬囑不要傷害我，所以她的手下才會胡思亂想，有的以為她想活捉我向我報復、有的以為她想招攬我，也因此她的手下才會在酒吧伏擊我。

其實分別後，安娜對我的掛念之情從沒有一日淡忘，而數次想和我重聚的機會都錯過了，而她又不想和手下說明和我的關係。她的手下自上次再被我打敗後一直在她背後詛咒我，只因他們不知道我倆的關係，不敢在她面前責罵我，所以這次她才親自來尋訪我。她已在這裡等了我多天，也因此看到前來埋伏的湯遜中校，於是她退到外圍監視，及後又發覺在外圍埋伏的哥巴卓夫。她只是一個小女孩，除了容貌出眾，根本不會引起注意，及後她索性易了容，然後就找個暗處躲藏，靜靜監視眾人的行動，所以他們的謀算盡被她看在眼裡。

快樂的時光轉瞬就過，我們在聚舊後，我想我必須回去鬼塚處，然後準備到月球去出征。

雖然萬般不捨，我還是說了要離去，並叫安娜和她的伙伴找個地方暫避，因為地球大難將至。

安娜連忙細問我要到哪裡、要做甚麼，我想這關乎滅世，實在不應隱瞞她，就把整件事情非常簡略的跟她說了一遍，但

我是光武士的身份我還是略去不說。

「那在電視中搞亂聯合國，又自稱『月球人』和帶著那北極熊人就是你嗎？」安娜真的聰慧過人，立時就猜中了。

我有點詫異，我明明易了容，為何她會猜中？就如今天也是一樣，我同樣易了容，為何她仍會發現是我？

原來我和摩比在聯合國出現和大鬧電視台早已被拍下多條電視片段，雖然經過剪輯，但卻還是重覆多次廣播。我和安娜從前雖然相處不久，但她對我的一舉一動還是非常留意，從電視片段裡，看到一些小動作，她就懷疑那人是我。只不過她是懷疑，而沒法確認我的身份。今天她看了我的行為舉止，同樣對我的身份抱懷疑的態度，但眼見湯遜有異動，就決定就算那人不是我，也要作出預警。

「你真眼利！簡直可比擬人工智能。」我伸伸舌以表示驚歎，心想她比禾特和警方的人臉辨識還厲害。

「你莫小看女性的直覺。」其實我不知道從前，雖然我和她只短短數天的相處，卻已在她心坎留下不可磨滅的印象。

了解事件後，安娜不但沒如我所想的找個地方躲避，反而堅持要跟我回去紐約，並說要跟我一起去月球，我當然大力反對。那刻我真有點後悔對她坦白。但她的心意堅決，我當然可以飛走，但我想這樣強行離開跟上次不辭而別根本沒有分別，我不想再傷害她。我實在想不到甚麼方法可以擺脫她，我本想叫她避難遠走，現在反而令她跟我一起涉險，這實非我的原意。

「光哥哥，這數年我習武就是為了今天。當地球有難時，我絕不會只顧自己，獨自偷生的。雖然我力量渺小，但我也要為地球盡點力。」聽著她的話，相比從沒將拯救地球為己任的我，真的羞愧得無地自容。

　　我正在為難間，安娜對我說：「你還想再一次拋下我嗎？」其實當年我說走便走，拋下她不理，實在是我不對。所以這次我不再執意要她離去，我實在不想重蹈覆轍。我想先把她帶去鬼塚處，再想辦法叫她留下吧！

　　安娜堅決的說：「無論你往哪裡去，我都會緊跟著你的！」

第九章
心之所繫

　　我重新易容，並刻意改變步姿，趕緊回到鬼塚那處。遺憾是此行未能找到咸美頓，可幸的是找到安娜。安娜安慰我，相信咸美頓一定會吉人天相，她與我同行，在臨行前已囑咐她的同伴幫忙找咸美頓。

　　不一日，我們再次會合保羅、摩比和鬼塚等人。跟著我們眾人開會，希望鬼塚他們能竊取各國政府的防禦情報給我們，而我們就籌劃如何在月球上製造核彈，然後我把狼人軍團引到月球處，再把他們殲滅。要殲滅狼人，我絕對願意為之。並且我們已有共識，一旦我們失敗，鬼塚等人就要嘗試控製各國核武，必要時將整個月球表面炸毀！我告訴他們只要他們事先預警，我就能及時飛走。

　　「若月球被核彈狂炸，大量的核輻射也難免會影響到地球！」鬼塚說。

　　「我們可以調校藍月亮的位置去阻擋大部份核輻射，剩下的唯有希望大氣層能保護我們。我們已沒有選擇，如果未能阻擋狼人大軍，地球會直接被摧毀！」維達說。

　　在快要出發前，摩比突然向我和鬼塚說：「可否幫我找三百顆鑽石回來，越大的越好！」

「用來做甚麼？」鬼塚問。

「我想訓練一支異能人兵團來對付狼人，你先去找鑽石，稍後我再告知你詳情。」

鬼塚正在猶豫如何找這三百顆鑽石，在旁的維達輕拍他的肩，點頭表示他有辦法。

過了半天，維達就帶著三百顆鑽石到來，果然全球首富並不是浪得虛名的。

「給我多點時間，我還可以找來更多更大顆的。」維達說。

摩比跟著就改裝了一些鐳射裝置，並把鑽石安裝上這些裝置中，就變身成數百把激光劍。

「我們有這麼多激光劍，但一般人都不會使用，只有你我二人可使用，哪需要這麼多？」

「明天你就會知道，可惜這些鑽石有些太細小，能聚焦的能量不會太大。」

「你還想要更大的鑽石嗎？」安娜突然問。

「當然是的。」摩比說。

安娜沒有再說，但第二天，她就帶來五顆很大的鑽石。原來安娜秘密叫鬼塚幫她找出最近、最大的鑽石在哪裡，並叫鬼塚協助她解除了一些保安系統，她就把這些鑽石盜了過來。

「可惜時間不夠，否則我還能找到更多、更大的。放心，我留下了字條，已說明只是借來一用，稍後會歸還的。」此事令維達等人全部都大吃一驚，俊雄更是久久未能合上他的嘴，

就是連知道她的背景的我也嚇了一驚。其實第二天維達已再找來十顆更大的鑽石，但相比這五顆還是有所不如，連維達都不能做到的，她卻辦到了。維達目不轉睛的看著安娜，令安娜尷尬不已。

電視台播出最新的消息，這消息竟然是給我和摩比的。各國的元首雖然沒有直接承認錯誤，但卻說有新證據證明我和摩比所說的危險真實存在，即間接承認了之前沒有相信我們兩人所說的警告是錯誤的。各國透過最先進的天文觀察，發現了太空中有很多不明的物體在集結，只離地球約兩至三星期的航程距離。由於這些不明物體大量集結事非尋常，各國懷疑這些飛行物體就是來自外星的太空船，這令他們感到強烈不安，所以各國元首這刻都願意相信我們的說話，並希望我們走出來共同協防。

「這很可能是陷阱，不要信！」鬼塚說。

「鬼塚說得對。」辛格也附和。

其實經過風暴事件後，很多人都相信我和摩比在電台和聯合國說的才是真話。所以各國政府索性來一個順水推舟，既然不能活捉我們，就與我們合作。當然他們前後不一，也引來公眾嘩然，他們解釋說只因為我們所說的實在太離奇，當時亦沒有實據，儘管這解釋仍有很多人不接受，但危機當前，他們很快就成功把民眾的視線轉移。

「我也有同感，但面對地球的浩劫，我們的確需要同心合力，要動用地球的核武談何容易，這並非單靠網絡力量就可以

辦成，所以我們必須合作。」維達說。眾人對維達的話也無從反駁，但既然各國的意圖未能肯定，那就絕不能把所有雞蛋放在同一籃中。

我們決定讓我和摩比單獨去與各國領袖會面商談合作，而保羅會和維達、鬼塚等繼續在地下進行防禦，並監視各國政府。

我當然不想安娜跟我去冒險，想她留在地下後方，就對她說：「不如你留在這總部幫助鬼塚他們，不用跟我們去和政府打交道，更不用和我們去月球去冒險打仗，反正你又沒有特異能力。現在是要去打仗，而非幫派打架，你的武術未必管用，那裡實在太危險了，你犯不著冒險喪命！」但她就是不聽，堅決要跟我去。

「我習武就是希望能改變世界，現在地球有難，人類可能會滅亡，我如何能退縮！」

我爭辯不過她，無言以對。

對於她所說的話，維達大聲叫好，其他人也對這少女刮目相看。

其實她已是一個八人幫派的首領，而且我看她和手下相處，也甚果斷明快，所以她決定了的事，我亦難以反對。若要我不辭而別，我又辦不到。

於是我和摩比及安娜就去到和各國元首會面，當然我再次易了容，我們亦幫安娜易了容，這次他們還特意安排了電視台訪問我們，電視台對摩比這外星人極度有興趣，訪問我們的

意欲高漲，但我們都以危機迫在眉睫而婉拒。我和各國元首開會，在那裡卻沒有見到禾特、哥巴卓夫等人。

我們告訴他們狼人大軍會以數十萬計，絕不會輕易被打死，並且擁有最先進的太空船。所以唯一能對付他們的武器就是使用核武，而最適合的戰場就是月球。各國的元首都同意了，跟著就是商討作戰的場地和各國協防的細則，但我對這些軍事細則一點興趣也沒有，只因需要而勉為其難的聽著，摩比和安娜反而對這些軍事細則感興趣。另外我對他們提出三百顆鑽石的要求，我知道維達和安娜已找來鑽石，但我既然和各國合作，我就把這難題交給他們作為考驗，要試驗他們的誠意，看他們能否找來更大、更好的鑽石。我道明這些鑽石是用作防衛地球之用，在展示我的激光劍上的大鑽石給他們看後，各國也爽快答應了這要求。他們也嚴選了大量威力強大的核飛彈以供我們在月球上使用。果然他們不久就找來三百顆鑽石，只是鑽石大小相比安娜和維達的還是有所不如，我就叫保羅收起備用。

自從我們和各政府合作，我們就進駐了一個軍事基地。當然影子聯盟的主要成員還是留守在舊工廠總部中，不過個別影子聯盟的成員如多明尼克就易了容跟我們進駐，希望能更進一步駭進各政府的系統，以便套取情報，而人皮面具當然都是保羅提供的。易了容後，眾人都大讚保羅的面具無懈可擊，各人就像變身成了別人一樣，而要為他們做個假身份更絕不會難倒鬼塚等人。

然後保羅竟然不知從哪裡找來二百八十七人來我們處。這近三百人中有男有女，有老有少，有白人、黑人和黃種人，他們來自世界各地。原來這些人也和我一樣，全都是擁有特殊基因，都不是隱性的，他竟把世上有這基因的都差不多全找來了，只不過他們在不久前才被啟動了進化。

　　「我和摩比參考你的經歷，利用強力輻射，啟動了他們的進化，令他們進入進化階段，並且大部分人已完成第一次進化，但他們當中亦有六十四人尚未完成第一次進化的，還需要繼續接受輻射。」保羅說。他說來輕描淡寫，但我可以想像他們在進化階段受了多少苦，或曾經受了多嚴重的傷。保羅並未告訴我，其實另外還有七十六人因抵受不住強力輻射已立時死去，亦有一百四十二人未成功進化，卻因輻射而患上癌症，正待在醫院中瀕臨死亡，只是這些保羅和摩比並不打算跟我說。

　　「他們當中有六、七十人已可感應到靈力，能和萬物結連，部分並出現了 X 核鹼基及開始流黃色的血。只要加以教導，他們就能使用激光劍，摩比這刻已在訓練他們。至於還未成功進化的，我會繼續用輻射幫他們進化，務求令他們全部成功進化，只是要用多少輻射量，我還要調校，所以需要點時間。總之他們會是我們在月球上作戰的生力軍。」保羅繼續說。

　　想不到保羅和摩比還是用了威廉的方法。「他們都是自願去月球作戰的嗎？」

　　「他們當中有些知道地球危在旦夕，應該把個人生死置

於度外，所以答應。有些人知道能獲得異能，也欣然答應。但當然亦有些人不願意，但他們一旦接受了輻射，啟動了進化階段，就再沒有退路。」這樣看來他們當中應該有不少人是被迫接受輻射、被迫參與作戰的。

「其實使用重量級的槍彈火藥會不會比激光劍更有效呢？有必要訓練這麼多戰士嗎？」我問，因月球作戰凶險重重，我願意為報仇而犯險，但我實在不願有無辜的人傷亡。

「槍彈必須打中狼人的心臟，很多時候一槍，甚至數槍都未必足以完全摧毀狼人的心臟，再者他們的戰士大多穿上厚盔甲，要以槍炮摧毀他們的心臟並不容易。但激光劍只要一劍就能刺穿厚盔甲，只要刺中他們的心臟就可以，再不然只要一劍劈開他們分成兩截，只要切斷腦部和心臟的連繫，並等血液流盡，他們心臟亦會慢慢衰竭。而且進化了的光戰士除了能使用激光劍，還可以運用靈力做出保護罩、隔空移物等超能力，連體能也會大幅改進。雖然不可能如你般飛行，但能跳得極高、極遠，也能快速奔跑，力量亦遠比一般人強大，實非地球上一般士兵能比擬。只有這樣的戰士才能真正保護地球，而且使用激光劍也比動輒就用核彈對地球或月球的傷害會少得多，培養戰士亦正正為了保護地球。」

「那他們最終就會像我一樣嗎？」我雖然有點擔心，但想到終於有真正的同伴，這令我感到一絲興奮。

「不會，他們的能力永遠不及你，光武士從來只會有一個，宇宙武士自古至今都只有七位，我也不知為甚麼，但數目

從來不多不少。至於那約三百人，他們或許會成功進化一次，部分幸運的甚至可能會成功進化兩次，但去到終極，他們的能力都不可能和你並駕齊驅，也沒有人知道其中的原因，或許物競天擇，宇宙中從來都只是強者生存吧！你已成功進化兩次，並出現了 O 核鹼基，所以除非你死去，否則不可能有人取代你的地位！」

「那他們的下場會是如何？」

保羅有點遲疑，但最終還是跟我說了：「你是知道的，如果他們將來在月球沒有戰死，他們會有不同的下場。有些會生存多年直至第二次進化被啟動，第二次進化是否必然會啟動，又或要多久才啟動，我也沒有絕對答案。有些十年內就會啟動，但亦有些會更久，甚至到死都沒能進化第二次。若一旦進化被啟動，又成功進化兩次，當然就會存活下來，但若未能更進一步，他們就會因某些器官衰竭而死。只有能成功進化兩次的才能保存性命，存活下來。」我的確知道，但我還是期盼能聽到不一樣的答案。

「那你能用威廉的方法幫助他們進化嗎？」

「第一次進化的成功率較高，但每個人需要的輻射量都不同，也不易調校，如果調校失誤其實會引致立刻死亡，或是加速器官衰竭（事實上已合共有超過二百多人死亡或瀕臨死亡，經過多次實驗失敗後，保羅這才能較準確調校進化所需的輻射量），但要第二次進化就甚難。因為第二次進化用的輻射量遠比第一次進化高得多，未必每個人都抵受得住，過程中恐怕很

多人還未成功便已死去！在你的例子中，幸運成分實在是非常之高！」

　　我開始感到某種不祥預兆：「他們下場的各種可能性，他們知道嗎？」

　　「當然不知道！他們只知道要進化，卻不知道要進化兩次。如果他們知道，恐怕會鬥志全失！」

　　「你不能騙著他們呀！他們有權知道自己的命運和境況啊！況且他們有些之前根本從沒進化過，如果不進行第一次進化，或許會有更長的壽命。」

　　摩比在旁一直沒說話，這時插嘴說：「成大事就免不了會有人犧牲！現在是要打仗來保衛地球，犧牲在所難免。自古戰爭中死亡的軍人總不會少，至少他們能參與保衛自己的星球，名垂青史。我的族人為了保護自己的星球，沒有偷生怕死的，難道地球人就不是？與狼人之戰結束後，我就會告訴他們真相，並會盡力幫助他們。」

　　我沒有再爭拗，但腦中不斷回旋著「成大事就免不了會有人犧牲！」這一句話，戰爭中總有不少傷亡，這話一點沒錯。保護地球，人人有責，也沒有錯。但這番對話總令我感覺很不是味兒。或許這也正正是我不願承擔保衛地球責任的原因，一仗功成萬骨枯，我實在不願對這麼多人的生死負上責任。

　　這夜我悶悶不樂，安娜特意走來安慰我。因我曾簡略跟她說過此事，我知道我不應對她說的，但這件事擱在我心裡著實不好受。

她說：「每個人都不能選擇命運，也不能拒絕，只能回應命運！他們的命運都不是你可以為他們選擇的，如果這三百人沒進化，他們亦有可能在狼人侵襲時死去。而且就是沒有被刻意進化，他們亦可能自然進化。幸運和不幸本是雙生兒，人只看到現在一刻的不幸，但若能放長時間再看，人生本來就禍福交纏、際遇難分，能在命運中安然自處的就已是幸運。就像我，爸爸死去固是不幸，但能遇上光哥哥卻是我的幸運！」

「遇上我才是你的不幸！」我笑著回答，我倆雙視微笑，被她安慰後，我的心情好得多了。

由於這刻已偵察到在外太空遠處有大量不同物體集結，保羅也估計狼人大軍大約一星期內就會壓境，我們決定明天就出發去月球，爭取時間部署。

出發前的一天，安娜說要為大家煮一頓美味的晚餐作餞行，當然沒有人會異議。安娜爸爸是個廚師，在麥城原是開小餐館的，所以安娜自小就煮得一手好菜。

大家吃過安娜預備的晚餐，都大讚她煮得一手好菜，就連維達這個吃盡山珍海錯、各國佳餚的食家也讚不絕口。智旭更不止大讚，更是吃過不停。就是連摩比這個外星人也甚受落，因為她細心為他準備了數條甚肥美新鮮的三文魚，令摩比也吃得津津有味。

就在大家都讚不絕口之際，哪知俊雄突然說：「菜確是煮得不錯，只可惜這個燉菜的火候還是差了點！」

安娜微微一笑說：「是的，謝謝賜教！」

摩里斯說：「難道你會煮得更好嗎？」

「這個當然！你們不是常吃我的菜嗎？」

「你烹飪功夫的確到家，但比起安娜還是差了點吧！」摩里斯繼續說。

俊雄睜大雙眼：「你胡說甚麼？她有甚麼可能比我好？」

「你胡吹大氣也沒用，找天你和安娜比試比試，看看究竟誰更厲害？」

「好啊！」俊雄爽快答應。

「不用比試了，當然是我的廚藝較差。」安娜說。

「既然安娜讓你，這樣也不用比了吧！」摩里斯說。

俊雄急說：「一定要比，如果你不比，他們會永遠說你讓我、說我不及你！」

「我看好安娜可以贏俊雄。」金智旭突然說。

「你們才吃了她煮的菜一次，就說她比我更好！枉我天天為你們燒菜。」俊雄帶點怒氣說。

「就是我從沒吃過她煮的菜，我還是看好她呢！看看安娜好一個美少女，菜餚賣相有她一半的美，就已比你優勝，何況她燒的菜那麼好吃。」金智旭因為嘴饞，可說是這裡的食評家。

「我和議。」維達忽然說。

「我也和議。」多明尼克也說。

「你也被美色所迷？」俊雄雖不服，但不敢反駁維達，卻深深不忿，對多明尼克的和議就立刻反駁。

「安娜的確是美，但這絕不是我附和的原因。我早說過我吃素，但你每遍都大魚大肉，你看安娜這次就特地為我煮了一道素菜，我當然希望安娜打敗你！」多明尼克說。

「那我明天開始天天煮素菜你吃，可以了吧！」俊雄心想論樣貌是沒法與安娜比拼的了，但烹飪技巧無論如何也不可以輸，他說時顯得深深不忿。

哪知身邊立時有多把聲音抗議，說要吃肉。

「不打緊！我可以煮素雞、素魚，就是素野味、素狗肉也可以！」

「這個我實在煮不出來，小女子甘拜下風。」安娜說罷和我哈哈大笑。

大家還是對安娜燒的菜讚不住口，起初主要是讚安娜，後來還是為了逗俊雄為樂。

「那麼我在月球回來後就擇日比賽吧！不過你要手下留情呀！」安娜微微笑說，她性格爽朗，從不拘泥，要比就比，而且她從爸爸承繼了出色的廚藝，所以她亦自信絕不會失禮。

「你也要到月球嗎？」多明尼克驚問。

「是啊！我雖然力量渺小，但也想為地球出一分力！」

「但月球一戰，禍福難料，此行風險極大。」維達說。

「我不怕，若月球一戰我方落敗，留在地球也一樣難逃浩劫！」

維達禁不住鼓掌稱讚，並以驚訝的眼神注視她，眾人也跟著鼓掌讚她是女中豪傑。

我知道安娜固執，本想讓眾人說服她留下，但這刻她受眾人稱讚，我知道更難勸告，所以也不多說，唯有苦笑，之後再想辦法以保她安全。

安娜見我笑而不語，突然問我：「光哥哥，你說我煮得好吃嗎？」

「當然好！我很久沒吃這麼多了，怪不得你是八人的首領，原來只要跟著你就會有好吃的。」

安娜不知怎的突然有點害羞：「那我天天煮給你吃，好嗎？」

我還未回答，智旭把碟子舔得一乾二淨，跟著他就對我說：「我真羨慕你，你真的幸運，有一個又美麗又煮得一手好菜的女朋友。」

我忙說：「不要胡說，我不是安娜的男友。」

安娜聽後，顯得有點不自然，又有點不知所措，跟著說：「大家不要再開玩笑，我要收拾碗碟清潔了。」

但另一邊廂，卻有人歡天喜地。

她剛離座去清洗碗碟，維達就跟我說：「安娜真的不是你女友嗎？如果是真的，我要追求她！」此話一出，眾人都大吃一驚。安娜確是美麗，但圍在全球首富身邊的美女多不勝數，各種名媛也有，無論教養、學歷、社會地位多高的也有，但維達從沒有多少緋聞，傳媒報導多是他的公益事業，或是他倡議的社會改革。沒有人想到這個英俊的全球首富竟會傾慕一個來歷不名、身世不彰的少女。

其實維達第一次見到安娜就被她清秀的美貌所吸引，但更吸引他的是她的果斷、聰明、大膽妄為、不造作、不勢利、不依附權貴，更有救世的情懷，這與他之前所認識和所遇到的女性是兩個極端。他對安娜可算是一見鐘情，不能自己。

「不是！」我有點遲疑，但這的確是事實。

不一會，安娜剛清潔碗碟完畢，她轉過身就發覺維達在身後，只見他雙手藏在背後。

「找我有事嗎？」

「送給你的。」維達把藏在背後的手轉到前面，只見他手執鮮花，卻不是一般的鮮花，而是一束「蔬菜鮮花」，原來臨急就章，他找到廚房中的蔬菜，然後把一束白色的椰菜花中間插著幾個鮮紅的小車厘茄，再在外圍圍了一圈綠色的西蘭花，雖然簡單，但也盡顯心思特色。

「多謝！」安娜感到有點突然，顯得有點腼腆。

「對不起，匆忙中未能送你真正的鮮花，但仍希望你喜歡。」

安娜再次表達謝意。

「你喜歡就好了，我非常喜歡你，你可以做我的女朋友嗎？」

安娜絕對沒想到維達會喜歡她，更沒想到維達會這麼直接，向來果斷的她一時間竟不知所措。

就在此時，躲在門外窺看著的一眾齊聲起哄：「接受他！接受他！」

哪知安娜說：「謝謝你的心意！但我此刻不會接受任何人，一來你我並不匹配，二來大敵當前，我不想在此刻談及兒女私情。」

維達一呆，他一生可說從來沒被人拒絕過，就是連父親也極少對他說不。但一刻過後，他就說：「身份匹配從來不是我的關注，但你說得對，我們這刻不應分神，應專注拯救地球！我們暫且放下兒女私情，但我絕不會放棄！只要危機一過，我就會展開對你的追求，希望那時你會接受我！」

安娜微微一笑，沒有回答，只再次謝過鮮花，並在眾人的喧鬧聲中，快步走回自己的房間。

維達也回到自己的房間，本來作戰會議已完，他就會離去，一般他也不會久留，但安娜在此，他不捨得離去。他一直在工廠中有自己的房間，只是從未在此留宿，此刻卻準備在此過夜。

維達和安娜各自回房後，大家對安娜的反應都大惑不解，維達極英俊、極富有、有抱負、年青有為，若是其他女孩，恐怕已第一時間答應，眾人都對她的反應不解。

過了一會，「若不是維達看中安娜，我或許也會追求她，既然她沒有立刻接受維達，或許我現在還有機會。」智旭說。

眾人聽罷大笑，直是笑不攏嘴，摩里斯說：「你拿自己和維達比嗎？還是死心吧！你絕不會有機會的。」

「為甚麼？」智旭急問，我也有點好奇摩里斯的答案。

「你想聽好聽的話，還是難聽的話？」摩里斯說。

「都說來聽聽吧！」

「好聽的就是維達條件太好，你絕對比不上。難聽的是你條件太差，安娜絕不會選你！」

「噴！好聽的話還不是與難聽的話一樣！」

「其實一百萬個少女中一百萬個都會選維達，就是現在不選，將來也會選。」多明尼克這時也插口說。

「就算發生奇蹟，安娜最終不選維達，也只會選永照，而絕不會選你，你就是萬億分之一的機會也沒有。」摩里斯繼續說。

「永照？不會吧！永照不是說了他們只是朋友嗎？」智旭問。

「他們是青梅竹馬，只要你看看安娜望永照的眼神就知道永照在她心中是與別不同的，或者永照才是她喜歡的人！如果維達不成，就肯定是永照，就算現在不是男女朋友，也早晚會是。」摩里斯的確發現安娜對我與別不同，不過他也不能確定這是否出於男女情誼，只是此說或能逗智旭發愁發怒，他就樂於直言。

我立時呆了，安娜喜歡我嗎？安娜竟然會喜歡我？我不過是殺人兇手之子，不過是賊匪，沒讀過多少書，沒錢，甚至連正當的職業也沒有。我站在維達旁邊總有點自慚形穢，我的身世恐怕連做他的跟班也不配，若不是我媽媽是他的粉絲和現在有合作的需要，我也絕不會與他打交道。安娜拒絕維達而選我，這實在太不可思議了，安娜跟我不過是會照顧人的哥哥和

依賴人的妹妹的關係罷了。

　　我耳邊還聽著摩里斯、智旭兩人的爭吵，一個不斷在質疑：「你怎麼能肯定？」另一個則誇口說自己有多了解女性。並且此時摩里斯已經開出盤口，要眾人落注，猜安娜會選誰作為男友。結果是維達是一千賠一，我是一賠十，智旭則更是一賠百萬。眾人喧喧鬧鬧，但我一句也沒聽進耳內，心中不斷的思潮起伏。

　　當晚我半點也沒睡過，我思前想後，回想安娜對我所說的、所做的，苦思摩里斯所說是否真確。安娜的確對我信任，態度也極親暱，但我們相識相處的時日這麼短，認識也不算深，我的條件又不佳，有甚麼可能她會喜歡我呢？我轉眼卻想，會不會安娜因我之前捨身相救，而感恩圖報呢？如果真是這樣，這算是愛情嗎？我呢？我又喜歡安娜嗎？安娜漂亮、聰慧、爽朗、善良、正義，我當然喜歡，但為何我之前竟完全沒有追求之意？

　　這刻我又突然想起媽媽，一刻間閉月也出現在我的腦海中。霎時我明白了，原來我的心中早已被媽媽和閉月這兩個女人填滿，實在再容不下另一人。

　　但我想我對媽媽是親愛、是思念、是悔疚；對閉月應是愧疚、友愛，但我是喜歡閉月嗎？

　　霎時我將安娜和閉月兩人比較，兩人都美麗，閉月是溫柔，總能令人平靜、安穩，安娜是爽朗活潑、果斷聰慧。一個楚楚可憐，一個堅毅獨立，兩人各有各的好，一時間我也無從

選擇。

正在掙扎時，我又想到維達這人中之龍已對安娜展開追求，我實在連半點機會也沒有，我又何必自討沒趣呢？何況我怎能如維達般能給予安娜幸福。本來兩位女性在我腦海中穿插，但一刻間，媽媽又回到我的腦海中，想起媽媽伏屍血泊中，我立志要為媽媽報仇，這刻實在難以再多想兒女之情，況且過幾天就是地球存亡的大日子，自己再有沒有明天還未知道，現在實在不宜多想。

就這樣胡思亂想，實在睡不著，所以起來走到大廳中逛逛，希望打發時間，或到飯堂找點東西吃，一會兒再睡。

哪知我還在走廊中，就遠遠看到保羅也獨自坐在飯堂的一角，靜靜看著手中的一張照片，這次我還看到他在聽電話，只是那電話看來殘舊，似是不知多少年前的產品。我不禁想，這樣的電話還能和人通話嗎？即使遠看，我也可以看到他哀傷的表情，在飯桌上還有酒瓶和酒杯。看到他的表情，我實在不想打擾他，但我還是被他發覺了。

他收起照片，也掛了電話收起，搖手招我過去。我就走過去：「你也睡不著嗎？」

「啊！既然你我也睡不著，一起喝一杯吧！我好為你餞行。」保羅說。

我坐下，他斟了一杯酒給我：「祝你一戰成功，我在地球等你凱旋而歸！」我倆碰杯，一飲而盡。我內心糾結，只盼望殺掉狼人的首領為母報仇，但我又能否成功呢？原本我一心只

想報仇，摩比跟我說只要打敗土武士就能找出我的殺母仇人，但我又能否打敗土武士呢？現在我的命運就好像和地球的命運糾纏在一起，究竟此戰我們有多少勝算？地球又能否保存呢？此戰我還有命回來嗎？這些問題，我實在沒有答案，所以我也不多想，一飲而盡。

「你為何不跟我們一起到月球？」我禁不住問。

「我留在地球有非常重要的事要辦，我所說重要的事，不是私事，也和防衛地球有關的！」

這樣的回答，其實很奇怪，這就像是出征前夕，將領叫人出戰，但自己就不明所以的留在後方，就像是臨陣退縮。但不知怎的，我還是接受他這奇怪的答案，可能我早已習慣這種相處方式。以我為首的賊幫，無論是咸美頓、偉特、細威等所有人都有自己的故事，這些故事他們大多數都不願提起，我們對對方的往事也從不多問，只有在當事人願意說時才會知曉。大家相互的信任看似脆弱（大家都不知對方底蘊），卻同時是堅固的（大家都相互交付生死）。我和保羅已共渡生死幾次，早已把保羅當作知己朋友，儘管他的背景、行事神秘，我還是對他完全信任。而且我覺得有時真相是叫人難以承受的，所以也不必事事細問。我對他這樣奇怪的回應也不作多問，我想他必然有很重要的事要辦，而不是偷生怕死，以致他必需留在地球。

我沒追問他跟著要做甚麼，反而終於忍不住問了他的私事，出於好奇，也出於對朋友的關心：「你看的那張相，相片

內那女性是你的親友嗎？」

保羅稍稍猶豫，跟著說：「她是我已死去的太太！」

「啊！抱歉提起你的傷心事，你一定很掛念她吧！」我想起他每次看照片時哀傷的表情。

他沒有回答，但面容稍稍扭曲，這已是問題的答案。

我不再多問，為我倆各斟一杯酒，舉杯說：「為你的太太，願她天國安息。」

我倆碰杯再一飲而盡。

「這戰吉凶難料，你有甚麼未了的心願嗎？」

我想不到他突然會這樣問，因這問題令人喪志，但坦白。

「我要為我媽媽報仇！」這肯定是內心最掛念的事。

保羅稍有猶豫，給我斟滿一杯酒，舉杯然後說：「若你不能從月球回來，我會代你報仇，當然我不能保證做到，但我會盡力去做。」說完就把自己杯中的酒一喝而盡。

我大受感動，站起一揖到地，再舉杯把酒喝光。雖然我沒說感謝，但卻心內感激。

「那你呢？有甚麼心願未了嗎？」他留在地球雖然沒有我們在月球般危險，但若我們失敗了，地球也難以獨安。

保羅面容再次扭曲，可以看出他的痛苦。他想了一會，緩緩道出：「我想再見我太太一面。」

我愣了一愣，想不到他竟如此情深，怪不得這麼痛苦。

我給他倒滿了一杯酒，也給自己添上，說：「你的願望我難以幫你實現，但如果我平安歸來，而你在地球出了意外，

我會代你每年到你太太墓前獻花打掃。」說罷，我舉杯一飲而盡，其實我就連她葬在哪裡也不知道。

保羅輕輕點頭，然後也一飲而盡。

那夜我們兩人，你一杯、我一杯，很快就喝完所有酒。我們意猶未盡，正想再找多一點酒，我看到保羅口袋裡的小鐵酒壺，就說：「你口袋裡不是還有酒嗎？」

保羅立即把小酒瓶收在懷裡：「這不是酒，是藥。」

「你患病了嗎？」

「只是些舊患。不要談這個，我們還是再找點酒喝吧！」

結果我們把廚房中用來煮食的白酒、米酒、蒸酒全都找來，最後我也不知道喝了多少杯。我談到我和母親的點滴，保羅也談到他和太太的點滴。他和太太深深相愛，可惜在多年前，癌症把她從保羅身邊奪去，她臨死前，保羅伴著她渡過了刻骨銘心的一年，最終她死在保羅的懷中。但縱使過了多年，保羅仍然未能放下釋懷。

結果決戰前夕，我倆就把基地內的酒喝盡。不知不覺間，陽光已從窗子透進屋內。

吃早餐的時候，我的宿醉當然未醒，但仗著已異變的體質，還能保持清醒，俊雄問我：「昨晚你為保衛地球與狼人大戰了嗎？怎麼一臉倦容，面色這麼難看？」

聽到他說話後，安娜連忙望向我，霎時我倆正好對望，跟著大家也都尷尬的轉過頭去。經過昨晚我有點不知如何和安娜相處，但反正我們出發在即，我想一切順其自然，其他事情

容後再想。維達就趁我們出發前，爭取機會與安娜相處，希望能討她歡心，這對他這種年青有名的富豪來說，是前所未有的事，可見他對安娜的著迷。維達甚至曾想過為了安娜而上月球一起作戰，但最終他理智地想，留在地球，他能發揮較大的作用，所以最後還是打消了這念頭。

出發了，由於一行人包括各國的軍人及負責核武器的工程人員，總共約千人，再加上近三百位光戰士，所以各國政府一共提供了五艘太空船。現代的太空船由於要運載礦物，以及用作殖民，早已能夠大量運載人，但每艘亦只能載數百人而已。因此我們一共分五艘太空運輸軍艦登月，各政府稍後還會再派出多艘太空戰艦支援我們作戰。

維達、鬼塚、摩里斯等全都留在地球監察各國政府，要確保各國跟從作戰計劃。保羅早說過他不會到月球，我只知道他找著維達幫忙，給他送來了很多實驗室儀器，有些還是極大型的，也為他送來了二十多個機械人技工，跟著又將工廠地下室改裝成實驗室，閉門苦幹。他要做甚麼，沒有人知道，只知他說過他做的事會對防衛地球有幫助。我在臨別前有更重要的問題要問保羅：「究竟哪隻狼人才是我的殺母仇人？又是哪一隻狼人殺死細威和成浩？」其實我也知道保羅未必有答案，但我還是禁不住要問他。雖然摩比跟我說過這只有狼武士才知道，但畢竟保羅曾跟他交過手，或許他能提供一些線索給我。

「我不知道殺你媽媽那隻狼人的名字，殺你朋友的狼人我就更沒有半點頭緒，但每頭狼都略有不同，而殺你媽媽的狼人

面上本來就有一條長長的疤痕，我上次和他對戰時雖然受傷不輕，但我也打傷了他，再在他左面頰上留了一條長長的傷口，傷口直跨過眼睛，或會導致他左眼失明，又或會留下疤痕，若能見到他，我應該可以分辨出來。至於土武士，雖然不是直接兇手，但所有狼人都受他驅使，所以他可說是主謀！」這答案對我來說已能幫上大忙，聽後我們就出發。

　　不到半天，我們就登陸在月球的軍事區。

第十章

決裂

中、美、俄的軍事基地都在月球背部,而採礦區和科研區亦然,月球的正面除了月葬場外,已開發的都是旅遊區。殖民區因主要配合軍事、採礦和科研活動,所以同設立在月球背面及邊緣地帶。但這刻殖民區已全部撤僑回到地球,留下來的都是軍事人員,也讓從地球來的士兵進駐。我們到了月球背部的共同商務區,這基地是月球背面唯一一個聯合國共同擁有的基地,是為了給各國的科學家補給資源而開發的,也是月球上最大的市集。

我們抵達後,摩比就加緊訓練三百人(其實是二百八十七人),他們當中絕大部分接受過保羅的輻射進化過程,因而大部分人都已成功進化第一階段。這些人因突然獲得特殊的力量,能接觸及使用大自然的神秘靈力,一般都感到興奮,但也有較年長的,面對大戰來臨,感到大禍將至,深感憂慮。

美、中、俄的軍方將領就在基地商討如何部署核武,並加快安排各國的科學家、礦工及不必要的人員撤離月球。隨著我們抵達後,各國合共約八千太空軍也隨即到達,亦有更多的太空軍艦降落在月球。由於在月球作戰,需要極多的裝備,再加上一早預設了使用核彈,所以地球防衛軍只運送了八千士兵

到月球，更多的都留在太空軍艦及地球，預備第二線作戰及增援。已進駐月球的士兵，他們除了裝置核武器發射站，還幫忙建立不同的據點佈防。

馬菲斯上將（美及北約）、費多羅夫斯基上將（俄）、李宏基上將（中）是聯合指揮部的司令官，由於美國在月球的兵力最多，核彈的威力也最強，馬菲斯上將會協調各國作戰，北約派來的數千名戰士亦當然由他指揮，而李宏基上將會指揮他那二千人部隊在最前線作戰。俄羅斯在月球上的核飛彈較多，所以費多羅夫斯基上將就會指揮他的一千五百人部隊作特殊任務，也就是部署核彈作戰。其實在月球部署核飛彈，發射能覆蓋地球的大部分範圍，對地球的威脅甚大，因此，三國協議了儘量在月球背面或側面部署，亦協調如何調校藍月亮位置來阻擋核輻射，並在地球和月球間佈置了不少殺手衛星及間諜衛星互相監察及防避。

我沒有直接參與訓練那三百名死士，「死士」，我內心是這樣叫他們的。我想關心他們，但每當想到他們最終的命運不是戰死就是因進化失敗而死，就提不起勁。我覺得只要不跟他們相熟，就可以安然面對他們的死亡。雖然我有參與作戰會議，但對於部署核武及軍事安排的細則沒有太在意，反正我不是軍人，亦從沒受過軍事訓練，若非我是戰略的主要執行者，我可能連作戰會議也不去。反而安娜就甚為積極，而摩比亦有參與主要的作戰會議。

在會議上，我只知道他們商議著要我把狼人大軍引領到月

球上的危海，因為我是他們的頭號目標，所以狼人大軍必定會對我窮追不捨。而地球聯合防衛軍會一早在那裡埋下核彈，待他們大軍進入，便會安排遙控機動戰隊掩護我們離開，當我們離開後就會引爆核彈。

當摩比聽到這部署後，立時大聲喝止：「千萬不要把核彈埋在地下，土武士能控制土地，把炸彈埋在地下，簡直是自尋死路！」

我也捏一把冷汗，我一直對佈防不甚在意，完全沒為意這重大錯誤可能會危害多人性命。幸好摩比及早發覺，否則恐怕會造成災難性的後果。

核武器的發展由第一代的原子彈依靠核裂變，就是以中子撞擊較大的鈾 235 原子核（或鈈 239）令它分裂成較小的原子核，並引發連鎖反應，分裂過程中的質量損失會按愛因斯坦所說的質能等價轉換成大量能量釋放出來。之後又發展出第二代的氫彈，也就是核裂變加上核聚變（雙相彈），即是利用核裂變釋放出來的能量來再引發核聚變。而核聚變就是太陽發光發熱的原理，就是把氘和氚等較小的原子核結合，結合過程中的質量損失同樣會化成大量能量，這兩層核爆的疊加效果使氫彈的威力比原子彈強得多。原子彈的最大當量（爆炸當量是量度火藥爆炸的威力，如 1 萬噸當量即等同 1 萬噸 TNT 炸藥爆炸的威力）一般不會超過 30 萬噸當量（在長崎爆炸的原子彈 Fat Man 約 2.3 萬噸當量）。而同樣重量的氘和氚經核聚變釋放的能量會是鈾或鈈核裂變的 7 至 8 倍，所以威力會強得多。

氫彈在核聚變過程中，除了產生爆炸威力、衝擊波、電磁脈衝干擾、光輻射，還會產生大量中子、X射綫和伽馬射綫等核輻射。而核彈爆炸的形式，如在空中爆炸、地面爆炸和地底爆炸的威力也有不同。當中又以空中爆炸的威大最大，在空中爆炸更可以令核爆釋放出來的X射綫、伽馬射綫及衝擊波展現最大威力。

跟著核武器又發展成三相彈（氫鈾彈），就是在氫彈外層再加上一層鈾238，是利用核聚變釋放出來的中子再次引發新一層的核裂變（即核裂變加核聚變再加核裂變），令其威力可達1億噸當量，如前蘇聯的「沙皇氫彈」就有超過5千萬噸的當量。而且這循環引爆理論上還可以多次重複，令其威力以十倍、百倍倍增。所以原子彈的威力會有上限，但理論上氫彈的威力可以無限。

而第三代的中子彈以高能中子為主要殺傷力，就是將核爆的能量主力以高能中子形式釋出，令輻射量增多，爆炸力減少。一般原子彈爆炸約有50%的能量會以彈炸形式釋放、約35%的能量以熱的形式釋放、約10%的能量以輻射形式釋放。但中子彈爆炸中，能量以中子輻射形式釋放會大幅增加，而爆炸威力及熱釋放會有所減少。由於這些高能中子的穿透力極強，可穿透極厚的裝甲及建築物，因而對生物的殺傷力極強。

由於我們不知道輻射對狼人有多大殺傷力，所以這次作戰主要採用三相核彈，全部以空中爆炸的形式攻擊。而所有核彈頭也改配在太空艦隻的飛彈上，也把一小部分裝置在殺手衛星

中。

　　這次軍事會議後，還有很多小會議跟進眾多細節，但摩比沒有參加，改去訓練眾光戰士，而我亦一概沒有參加，因這刻我還有更重要的事要辦。我對馬菲斯上將說：「我有要事要辦，要到月球正面一會，數小時後就會回來。」跟著我還向他借了一艘小型飛船，也為安娜找來一套太空衣。

　　馬菲斯上將已忙得沒空理會我，反而是安娜一聽到我要去月球正面就嚷著一定要跟著我去。我本想獨自去，但最後還是讓她跟隨。跟著我倆就駕駛小型飛船出發去月球正面，我要去的就是第谷坑——雲閉月的衣冠塚。

　　不一會我和安娜就到了閉月的衣冠塚前，在來這裡的途中，我已把爸爸非法偷了閉月的心臟移植到我身上一事告訴了安娜，也將我和閉月的相處簡略地告訴她，我還暗示我喜歡閉月。其實我從沒有確切面對過我對閉月的感情，但我是刻意向安娜這樣說的。因為這刻我實在有太多事要兼顧，除了要報仇，我是狼人追殺的頭號目標，亦是地球上的通緝犯，前途未卜，我不想安娜對我有所期望，更不想連累她。聽罷安娜有點吃驚、有點難過，思潮起伏，但她很快就回復平靜。我不知道她有甚麼想法，這刻也無從理會。

　　我來到閉月的墓前，是一棵美麗的機械仿真樹，樹上刻有閉月的名字，還有數個樹洞，每個洞內都有一個小屏幕，樹洞內有屏幕不停播著閉月的生活片段和不同照片。我對著最大的樹洞向內望，望著閉月的生活片段、一談一笑，伸手輕觸屏

幕，仿佛透過屏幕就能觸摸到她。以往和她一起看電視、玩撲克、吃布甸、堆雪人，還有常常捉弄她的情景，一一湧上心頭。我喉頭哽咽，全然說不出話來，最終只能下跪在樹前潸然落淚。

「光哥哥，這棵樹既然有樹洞。你不是教我，不開心時又說不出話來，可跟樹洞說嗎？」安娜指著其中一棵樹洞說。

我聽著內心感激，我若獨自前來，我想我不會對著樹洞說話。但為了不違逆安娜的好意，我走到那樹洞前，把頭略略向前移，一刻間我仍是說不出話來，但當我想到閉月連屍首也沒有找到，心中大痛，一時更是泣不成聲，長久終於嗚咽：「對不起……對不起……對……不……起……」一刻內疚、悲痛、羞愧、憐惜紛紛湧上心頭。

安娜走過來輕輕抱著我，我伏在她懷中大哭，安娜也怔怔流下淚來。我回想起閉月的種種事，一直痛哭不止。待我情緒稍稍平復，安娜對我說：「她必定會明白你的歉意的，事已至此，已無可挽回，你要好好遵守你們的約定。只要你遵守約定，她在天上也必定會感到安慰！」

的確我和閉月曾經約定，我倆任何一方有事，另一方也要好好活下去。想到此約，我再伏在樹前痛哭。

「如果你感到疚愧，就更要活得有意義，若你這次真的能保衛地球，閉月小姐也必定感到她的犧牲是有意義的。」

安娜說得對，事已無可挽回，我必須讓閉月犧牲得有意義，絕不能讓她白死，這亦是內心第一次湧現了防衛地球的決

心。霎時我振作起來，再在閉月的墓前深深的磕頭。然後在她墓前默默祝禱，希望她能護佑我保護地球成功。

臨別前，我對著閉月的樹墓說：「我必定會用你的心幫地球打勝這一仗，到時我會再來看你的，你好好安息吧！」

振作過後，我已沒時間再哀傷，我們立時回到基地，去摩比處看看那三百人的訓練情況，作戰部署我不曉，但訓練他們掌握靈力，我卻有一定的把握。看到他們部分還未懂得與靈力連結，但小部分已能揮耍激光劍，只是他們激發出來的激光完全不像劍，更像匕首，有些人的激光劍更若有若無，這明顯是他們的力量不足所致。正如保羅所說，他們的力量或許永遠不會超越我，但如果訓練時間足夠，起碼可以貼近我。

我連忙趕去指導他們，作為先行者，我希望我的經驗能對他們有幫助。他們見我離開基地時竟然連太空衣也不用穿上，甚至氧氣瓶也不用配戴，就可以在月球表面自由活動（只有我和摩比可以），早已佩服得五體投地。再看到我把激光劍的威力發揮得淋漓盡致，內心就更是佩服，大家都爭相跟我學習，霎時間我成為了整個月球最受歡迎的人物。摩比本就不是一個出色的老師，他對著眾人不斷的提問，早已感到煩厭不堪。這刻他只是讓各人自顧自練的，就如當初他訓練我，也只是讓我和星球對戰一樣。我的到來對他來說簡直是大解脫，他非常樂意退居一旁讓我教導。

我和各人一起努力，他們當中有些人是比較突出的，而在這些人當中又有五個表現比較出眾，他們分別是亞祖安、盧卡

斯、積遜、奧祖和伊薇特。亞祖安的靈力最高，表現積極，只是為人有點高傲，甚少直接問別人問題或要求指導，反而多在我教導別人時從旁觀摩學習。盧卡斯就沉靜踏實、不多發言；積遜就性格古靈精怪、喜捉弄人；奧祖就平易近人，亦和我較親近；而伊薇特雖是女性，但表現絕不比男性差，亦認真練習。她樣貌娟好，可輕易看出三百人中有不少人對她大獻殷勤，但她對眾人都不假辭色，反而專注訓練，常常主動詢問關於靈力的問題，只要我在場，她都會拉著我教導她。我訓練這五人特別用心，或許是因為他們較積極，又或許是我下意識覺得他們生存下來的機會最大。此外還有一個叫偉倫的年青人也經常向我請教，我本來不想指導他太多，但他瘦小的身型不知怎的令我想起早年患病的自己，所以我也比較照顧他。我們不停訓練，也不知過了多少時間，安娜叫我和大家休息吃飯，原來不知不覺間我們已訓練了超過 5 小時。

吃過飯後，我再去訓練眾人，雖然一些人已感到疲乏，已回去基地休息，但大部分人知道大戰將至，還是努力跟我學習，剛剛說過的那五位更是積極投入。而安娜就去了軍事會議，聽取各國的安排。原本三位上將極反對一位平民女子參與軍事會議，但我堅持要讓她列席旁聽，我和摩比作為地球防衛軍的主將，我更有關鍵的作用，三位上將亦無法拒絕。我原意只是讓安娜有點事做，也讓她去監察各政府。哪知安娜除了旁聽，竟還會不時給予一些獨到的意見，轉眼間三位上將都對她另眼相看，由拒絕她出席轉為邀請她列席。

不久，保羅在地球上轉來訊息，從各種監察儀估算狼人大軍還有大約三天就會到達地球，同時保羅亦估算他們的戰士數目約達六十萬之多。聽到這消息後，我的心頓時下沉。如果這消息屬實，我想不出我們有任何勝望。在月球上的防衛軍總數還不到一萬，就算加上三百死士，還是以一對六十，若論先進軍備，地球防衛軍亦未必有任何優勢。說回那三百死士，除了最出色的那五位，這些戰士就是與一般的狼人戰士單對單也難言穩勝，何況一對六十呢？

我不知道保羅的消息是否確實，但若這消息屬實，即使我們擁有核武器，勝算還是微乎其微。我心裡憂愁，但仍盡力控制情緒，因我不想打擊眾人士氣。

我苦思究竟有何方法可打勝此仗，想來想去，只有一個方法可行，就是我把土武士打敗，殺了他們的領袖後，就盼他們會撤軍，但是我真的能打敗土武士嗎？在我還在沉思期間，安娜突然走來，對我說：「光哥哥，請你跟我來，我有要事跟你說。」

「甚麼事？」現在我實在沒心情理會閒事，但我還是動身跟她去了一處安靜的地方，安娜與我並一併找著摩比。

「光哥哥、摩比先生，你們要小心提防，我知道三位上將，他們全都不懷好意！」

「怎麼了？」

「原先的計劃是你們引領狼人大軍到危海（Mare Crisium），然後防衛軍聯防部隊會掩護你們撤退，才發射核

飛彈的。但我得知他們想活捉狼武士，反覆探討有沒有這種可能。更重要的是……」

「是甚麼？」我急問。

「他們也探討過活捉摩比先生的可能，其實甚至連光哥哥你，他們也曾想過活捉。但若這些圖謀不成功又或是在危海作戰時情勢危急，他們不一定會等待你們撤離以後才發射核飛彈，在必要時會連你們也一併炸死！」

「你怎麼會知道？」我問。

「在會議中我聽到他們用暗號和代號，就估計他們或有甚麼陰謀。我就在會議室暗處放了偷聽器，當我在會議中，他們會避而不談，只在我不在時才談論。但他們完全對我沒有提防，想不到我會放置偷聽器，最終被我知道他們的計劃。」

「但他們為甚麼要這樣做呢？」

「他們說外星力量並不可靠，所以摩比先生對他們來說是個極大的威脅。至於光哥哥你，他們本來也不想加害你，但要擊退狼人大軍，他們估算作戰勝算不高，所以必須殺死他們的首領土武士，因此要你作魚餌引他進入陷阱。但要令土武士留在危海而讓你安全撤離，他們想過很多方案，但都不能確保妥當。所以若果作戰時情勢不利，他們就不會再顧惜你。我看其實這想法或源自他們太想得到你的力量或幫助，但你一直沒表態會歸依哪一國，他們互相猜忌，得不到的東西，就情願消滅，這方案三方面都已同意。我還知道他們為了想得到你們的力量，這幾天已千方百計收集你們的 DNA，所有你們吃過的

東西、喝過的水，就是只要剩下了一點一滴，或是你們留下的一條毛髮，他們都花盡心思去收集，以便日後研究。聽說如果不是要基地的排污系統改造工程複雜，短期內難以達成，他們就是連你們的排泄物也想收集。咦，真噁心！」

摩比聽後怒吼：「我冒著生命危險來拯救地球，你們竟然恩將仇報！你們人類真的無藥可救！我不會再參與這場保衛戰，你們兩個也一起走罷，永照你來我的星球吧，我肯定我的族人都會歡迎你，讓人類自生自滅吧！」

對於他的好意，我只能無奈地表達謝意。但我剛下定決心保衛地球，這刻如何能走？說罷摩比就要走，我想挽留他，但我真的找不到任何理由，甚至藉口也找不到一個。我望著摩比駕著一艘小型太空船離開，心裡感到無限惆悵。摩比臨行前再三邀請我們到他的行星定居，見我沒有回應，就囑咐我要保重。

第十一章
決戰前夕

地球上，此刻鬼塚在敲工廠中實驗室的門。保羅已關自己在實驗室兩天兩夜了。他們每天都是把餐點送到實驗室門口，放在地下待保羅自取，之後再在晚上收回餐具，但他們始終都沒有見過保羅一面。

「保羅你又不吃飯嗎？」鬼塚看到這晚的餐點原封不動。

「不吃了，謝謝！」

「你究竟在忙甚麼？你已在實驗內兩天兩夜了，需要幫忙嗎？」

「我的實驗非常趕急，一定要在這幾天內完成，還有我的確需要你們的幫忙！」

「要幫甚麼忙？」

「偷一些東西。」

「偷東西？你要偷甚麼？」鬼塚心想難道又要偷鑽石？

「時間趕急，請你們立即去國內最大的科學博物館……」

月球上，我望著摩比的太空船離開，心裡又無奈，亦痛心，但我完全不能控訴摩比的行為。我才剛下定決心要保護地球，要賦予閉月的心臟和我的生存一點意義，難道轉眼就要放棄？地球面臨滅絕，我又真的可以棄之不理嗎？我又如何可以

獨善其身？難度我餘生都要移居 TY571？我若轉身離去，安娜、咸美頓又將如何？我內心糾結，但我還是勉強自己堅持下去。

「要拆穿他們的陰謀嗎？」安娜說。

「暫時不用，我怕拆穿了這個陰謀，他們又會別有密謀，反而現在我們知道他們的謀算，我們在明，他們在暗，會更有利。」

「安娜你不如返回地球吧！保羅和鬼塚會盡力保護你。留在這裡恐怕只會是……機會渺茫。」我本想說死路一條，最後還是說得較婉轉，但就是怕她會堅持留下。

「不！你在哪裡，我也在哪裡，就算有危險，你不是會保護我嗎？」

我本想反駁，但聽到她對我的信任，心裡感動，看著她的堅執，我想再多說也不會改變，也不再爭論，只是面露憂色。

「不用怕，如果連你也不能保護我，地球那裡也不見得會安全！」

我苦笑。

跟著我回到三百人那裡，既然摩比已走，就應由我全權負責訓練。雖然大家都驚奇為何摩比突然不見了。但訓練改由地球人主持，特別是由光武士主持，大家表現得更雀躍投入。由於我是地球人，更了解他們文化，再加上我也是剛剛學有所成，對於新手所遇到的困難更理解，所以在我指導下，眾人進步更快。

匆匆過了三小時，又到了吃飯時間，臨行前，由於眾人都因得著前所未有的異能，都暫忘了大難將至，不少更興高采烈，紛紛向我查詢自己的進展如何。我對眾人都作出了鼓勵，更特別鼓勵奧祖、伊薇特等數人，但我越鼓勵他們，我的心就越向下沉。這兩天我儘量不去想像結局會如何，只集中精神訓練，並爭取多點時間與安娜好好相處，我雖然暫時決定不發展任何個人感情，但在重遇後，安娜對我非常好，我還是非常感激她的。想到她也可能時日無多，除了感到難過，我更要好好珍惜大家一起的時間。

不經不覺，明天就是決戰日，三位上將聽到摩比已走，都大感錯愕，或許他們心裡會更認定外星力量靠不住。不過我跟他們說摩比是去召集救兵，我說這個謊話是為了不想打擊眾人士氣，若在大戰前夕，才讓大家士氣崩潰，這才是致命打擊。由於這答案合情合理，所以他們尚未發覺我們已發現了他們的陰謀。我沒打算指責他們，反正這些人絕不會用你的角度去思考反省，更不會承認錯誤。

這刻的作戰計劃是要我和 300 位光戰士到危海接戰，務必把敵軍主帥的土武士引到危海，那裡是一處盤地，地勢極為平坦，只要時機適合（預定時間為明天正午十二時），地球防衛軍會在空中支援我們，確保我們不被包圍，亦會留一條後路給我們。之後地球防衛軍就會掩護我們撤退（他們的版本），然後再向危海發射大量大殺傷力的核飛彈。

至於對付狼人大軍的太空船，防衛軍的太空戰艦裝有大量

的核飛彈，原本亦同樣計劃以核飛彈攻擊對方艦隻，務求一舉把所有敵軍的太空船都消滅，只是據說敵艦多有防護罩，我們亦實在不知道核飛彈能否摧毀敵方的防護罩，所以核攻擊敵艦的計劃會暫緩，要看實際戰況如何才再執行。總括來說，此戰務必將戰場集中在月球上，避免令地球直接參戰，如果能成功誘殺土武士，就能保護地球免於侵略。

我囑咐安娜要留在月球的總基地以便第一時間通知我防衛軍的動態。安娜雖然極想直接參戰，但因她沒有異能，難於在月球直接參與戰鬥，反而留在總部，會對我有所幫助，亦能令我對防衛軍的陰謀更易有所戒備，所以她權衡輕重後也應允了。

我回去召集 300 名光戰士，叫他們整裝待發，然後今晚好好休息。大戰在即，大伙人心情各異，年青的躍躍欲試，年長的憂心忡忡，有的感到興奮，希望能一戰成名，但大多數還是感到無所適從，他們從來都不是戰士，但就突然要參戰殺敵。我雖然原先也不是戰士，但自少習武，多年的街頭的戰鬥經驗豐富，所以我本就裝備好作戰，因此也較能適應這身份的轉變。但他們有些人一生從沒有戰鬥經驗，明天卻要與兇猛絕倫的外星狼獸作戰，所以大部分人都心裡喘喘。想到明天這批人當中不知還能存活多少，他們原本是我難得的戰友，可惜我們相知相聚太短，想到此際，我眼眶不禁紅了。這刻那個叫偉倫的年青人走過來。

「光武士（他們是這樣稱呼我的），我這把激光劍明天真

的用得著嗎？」偉倫說著亮起他的激光劍來，這劍短短的看來只像短匕首，絕稱不上劍，明顯他能借取的靈力不足，所以激光劍裝置能聚焦到的能量也很少。

「還不錯！只要對準心臟就已足夠殺敵。」我實在不忍多說，想到明日就或許永不再相見，我更怕自己的眼淚會流下來，我拍拍他的肩膀就轉身走開。

我在想，是否可以把他們都留下，自己單獨去對付狼人大軍？但我一人如何能與六十萬大軍對戰呢？但我想即使三百人同時上陣也只不過是多點人犧牲罷了！我想還是我一人出戰吧！但我轉念一想，就是我把他們全留在基地，我總不能一人攔截六十萬狼人大軍，他們留在基地還是會有同樣的危險，其實恐怕月球上八千防衛軍最終也難逃厄運。一時間我心裡忐忑，實在不知如何是好。

「光哥哥，你不用擔心，我相信你，就是勝算渺茫，我仍相信會有希望！希望並不是因為環境安順才會出現，而是在逆境中人仍選擇相信才出現，我選擇相信你！」安娜突然對我說，我想我愁煩的表情騙不過她，以至她特意過來安慰我。無論我處於如何惡劣的境況，安娜總能適時給我鼓勵，想著她，我勇氣徒增。

「謝謝你！」我內心感激：「去睡吧！大家明早都要以最好的狀態迎戰。」

說著我倆都回房睡覺，但這最後一夜如何能叫人安睡呢？想到明早可能屍橫遍野，我輾轉反側，我在床上望向窗外，看

著明亮藍色的地球，令我想起少年時在家中和媽媽、哥哥的種種情景，令我稍稍釋懷。

我回想哥哥死後，我有一段時間都未能安睡，除了難以入睡，就是睡著了也常會被惡夢驚醒。一天爸爸哄我睡，其實那時我的年紀也不小了，我已不想再聽故事，也不想聽他差勁的歌聲，他想了一想，就唸了一首詩給我聽：

Light breaks where no sun shines;

Where no sea runs, the waters of the heart

Push in their tides;

And, broken ghosts with glow-worms in their heads,

The things of light

File through the flesh where no flesh decks the bones.

A candle in the thighs

Warms youth and seed and burns the seeds of age;

Where no seed stirs,

The fruit of man unwrinkles in the stars,

Bright as a fig;

Where no wax is, the candle shows its hairs.

Dawn breaks behind the eyes;

From poles of skull and toe the windy blood

Slides like a sea;

Nor fenced, nor staked, the gushers of the sky

Spout to the rod

Divining in a smile the oil of tears.

Night in the sockets rounds,

Like some pitch moon, the limit of the globes;

Day lights the bone;

Where no cold is, the skinning gales unpin

The winter's robes;

The film of spring is hanging from the lids.

Light breaks on secret lots,

On tips of thought where thoughts smell in the rain;

When logics dies,

The secret of the soil grows through the eye,

And blood jumps in the sun;

Above the waste allotments the dawn halts.

(Light breaks where no sun shines by Dylan Thomas)

　　我問爸爸這首詩的意思，他就說這首詩是說詩人以光和水象徵信心和希望，勸勉人們在黑暗中不要放棄希望，必需渡過黑夜才能看見希望。

　　我問爸爸為甚麼要有黑夜，沒有黑夜不就更好嗎？爸爸就說光亮和黑暗本是雙生，曙光在明亮的環境中無法看見，反而透過黑暗，人們才能看見曙光。當人處於絕望黑暗之中，一切思慮邏輯也未能效力，一線曙光卻會悄然而至。

　　我當年未能明白爸爸的解釋，就是現在也未能盡然理解。我記得爸爸曾說過人在逆境中渴求希望，但無人能掌握希望，

逆境中，上天要考驗的就是人要如何選擇回應，往往只有心存希望的人才能走過死蔭幽谷。我默默地祝禱，祈求明天一早，曙光真的會來臨。

　　由於基地房間的窗戶很細小，我躺在床上只能看到地球的一部分。於是我索性離開房間，走到基地的大堂，在那裡的大窗可以看到更大、更明亮的藍地球。防衛軍的主基地本在月球背部，但因為作戰最後的場景在危海，這兩天我和三百名光戰士都搬移到離危海不遠處一個較小型的臨時基地。這基地本非軍用，亦較細小，但較近最後的作戰場地，對監察戰況及指揮作戰會史便利，所以就臨時改作軍用作戰基地。在這大堂中，一片寂靜，只有我一人，我可以靜靜地看著漂亮的地球，這或許是我最後一次看這藍星，我要好好欣賞。這漂亮的藍色星球，就是我成長的地方，在那裡我幾乎渡過了我的一生。看著這藍星，在這寂靜的大堂中獨處，這刻我的心也漸漸平靜下來。

　　「找到衛城了嗎？」原來安娜也睡不著，她本來就不想睡，只是我勉強她去睡罷了。當我來到大堂時，原來她早已站在一角，只是她靜靜的看，沒有走出來打擾我。

　　「我猜大約在這裡吧！」說罷我向地球的某處一指。

　　「那麼這裡就應該是麥城，而這裡就應該是藍城吧！」

　　「唔。」我含糊的認同。

　　「光哥哥，可不可以跟我說說你的童年？」

　　「有甚麼好說的，還不過是些男孩子的頑皮事！記得從前

有個老師常常針對我，有一次我和坐在隔鄰的同學，一起捉了些臭屁蟲來捉弄他。還有一次我和大頭文打賭，看誰在戶外堆雪人能堅持較久！」

「堆雪人？」

「雖說是堆雪人，但其實是把雪堆在一個真人上。我和那同學打賭，輪流被堆成雪人，看看誰先抵受不住。我先把他堆成雪人，他勉強撐住了 3 分鐘，但輪到我時，我就直接認輸，沒有被他堆成雪人，我原先就只是想作弄他！」

「我現在相信你了。」安娜說

「相信甚麼？」

「你從前不是說過你是壞人嗎？我現在信了！」說罷兩人都大笑。

「你問過我了，也讓我問問你的事。」

「我只是鄉村姑娘一個，從小到大也沒有遇上甚麼新奇有趣事，有甚麼好問？」

「你回到地球會選維達做你的男友嗎？」我竟不由自主問她這件事，我實在不知道自己盼望甚麼樣的答案，或許若她說會接受維達，我反而可以不再胡思亂想。

「你為甚麼關心這個問題？我不是說過這刻我不會去想兒女私情嗎！」

「我想，若你將來成為世界首富的太太，我或能謀一高薪厚職吧！」

「那你想我聘請你做甚麼？」

我想了想：「我可以做你的私人保標。」

「那你不要再多想了，你本來就承諾了保護我，為甚麼我還要付錢聘請你！」

「你還真小氣！只是我還是不明白，維達的條件這麼卓越，很多人都想成為他的女友，求也求不得，為甚麼你那次還要猶豫呢？」其實這問題也是當時在場眾人的心底話。

安娜支吾以對，隔了一會才道：「這問題我現在不答！或許下次再答！」安娜本甚爽朗，但這刻也如一般少女般腼腆。

「那下次即是甚麼時候？」

「下次就是下次，我們不要再談這件事，不如說說你家中的舊事？」安娜把話題一轉。

我也不好意思再追問下去，說：「也不過是一般的家庭事，還有甚麼好說！」但我忽然想起一些往事，還是跟安娜說了，我年青時爸媽會在家播音樂跳舞，我和哥哥在傍也會學著一併兒跳。一會兒，爸爸會退下，哥哥和我會輪流和媽媽共舞，這刻我就想起這些歡樂時光。突然我向安娜說：「May I?」

於是安娜就和我在大堂翩翩起舞，沒有音樂、沒有觀眾，仿佛世間只餘下我們兩人，我們不再想明日的危機、之後的生死。我們就沉醉在此刻之中，這刻只屬於我倆。突然安娜停下來，把掛在頸上的一條項鏈取下，項鏈吊著一個十字架吊墜。她把這條十字架項鏈圈過我的頸，給我繫上。

我連忙問：「這是甚麼？是禮物嗎？」

「這是爸爸在我 7 歲生日時買給我的禮物，我一直佩戴

著。現在送給你，我相信它能保佑你平安歸來。」

「既然是你爸爸給你的禮物，我如何能收呢！」這可能是她爸爸的遺物，我如何能收下呢？我著意退回給她。

哪知她比我更固執：「你一定要收下，這是我對你的一點祝福，你一定要平安歸來！」

在她的堅執下，我終於收起了她的十字架項鏈，把它收在衛衣下。

之後我們還跳了幾支舞，再說著些無聊事，兩人笑笑談談，渾忘了明天一戰，我真興幸安娜在此。

說著，說著，藍色星球已越來越明亮，不知不覺就日出了。

吃過早點，軍方回報說，有極大量的飛船會在約兩小時後到達月球。

我和三百名光戰士整裝待發，但這時我望向他們，卻看見大部分都面有懼色，有些更是身體發抖。

我早已豁出去，置生死於度外，所以不再關注勝敗存亡。但看到他們的模樣，我感到憂傷難受，我不禁再次默禱，祈求上天保守安娜和這伙人平安。

就在此時，突然收到總基地傳來的消息，有大批太空船突然飛近月球基地，這一批不像之前偵察到的那批大量，但為數也不少。總部通知我們，當太空船再接近基地時就會開火攻擊。

大概距離開火攻擊還有 3 分鐘的時間，大伙人都極緊張地

倒數，不久總部傳來倒數廣播，我雖然身經百戰，但卻也在冒汗！「十、九、八、七……」

　　我突然按下按鈕，急喚總部：「不要開火！千萬不要攻擊！」

第十二章
復仇

總部連忙問：「暫停十秒後再倒數，敵人已迫近，為甚麼要停火？」

「這不是敵人，是盟友！是摩比和他帶來的族人！」霎時歡呼聲響遍大堂。

十五分鐘後，摩比來到大堂，我問：「為甚麼你會去而復返？」

「地球各政府雖然出賣我們，但你從來沒有！我不應捨你而去！況且你是我們反抗宇宙幽靈的唯一希望，我知道你不會捨地球而去，若我置你於危難不理，也就是等同我們也放棄了希望，再者那三百人都是我召來訓練的，我總不能不顧他們的死活。只是我和我的族人絕不會聽從地球防衛軍指揮部的命令，我亦會派手下監察指揮部，絕不容許他們胡作非為。」

我們雙手互握，不再言語。

跟著摩比給我介紹他們族人的三位戰士——史諾、捷達高魯、布達高尼，這三人都是他們族中的將軍。摩比這次竟帶來了約三萬熊戰士，他們全部都體格魁梧、身穿鎧甲、身負靈力，全都是久經歷練的戰士，確是我們人類所難比的，他們的到來令我方的士氣大振。

安娜問我怎麼知道那些太空船是摩比族人而不是狼人的。我回覆說我現在的靈力感應比起當初已大大提升，只要不是太遙距，我都能連繫上，當熊族的太空船接近時，我就感應到摩比對我的呼喚，他的靈力強大，要感應他並不困難，他以靈力呼喚我，讓我們不要攻擊。

有了這三萬戰士，各人信心大增。但在數目上，即使加上地球防衛軍，我們仍是以一敵十五，勝算仍然極微。關鍵是我要如何引導狼人大軍和他們的主帥到危海，聚而殲之。由於三位上將之前曾打算把摩比也一同殲滅，我不能讓他涉險，而且摩比與我一起迎戰的話也會增加土武士的戒心，為了確保土武士不會離開危海，我必定是押至最後才離開。我把一眾光戰士和熊戰士都簡略分作三批，第一批是靈力較低的人，亦是人數最多的，他們會先撤退。第二批包括亞祖安、盧卡斯、積遜、奧祖，伊薇特等 20 位光戰士及 100 位靈力較強的熊戰士，他們負責殿後，要先確保第一批戰士的安全，然後才撤退。最後第三批就只有我獨自一人，我可以飛行，較有把握可以在極短時間內逃走，在我離開後就可以發射核彈。伊薇特本提議要和我在一起留守到最後，跟著盧卡斯也想加入，但我對兩人的好意都拒絕，堅持自己一人殿後。

不久，我已感應到土武士撒加的強大靈力，總部又再次傳來倒數，這次我索性跟他們說暫時撤去所有攻擊。

「為甚麼？」

「摩比說他們的太空船都有防護罩，亦有鐳射炮防禦系

統，飛彈還沒有飛近主船就會被截擊，遠攻的效果不好。所以不要在這刻浪費任何核彈，只有近距離攻擊才能發揮到最大效用，如果他們沒有先發動攻擊，我們應伺機而後動。暫緩攻擊也可以讓土武士放下戒心，登陸月球，讓他脫離太空船保護罩的保護。」

不一會兒，狼人大軍的太空船已出現在我們的視線範圍之內。月球作為戰場遠比地球難於作戰，因為月球表面沒有氧氣，而地心吸力也只有地球的六分之一。人類需要呼吸氧氣，才能為細胞提供能量及維持生命。不過我的黃血只要有光就能自製能量，所以長時間不需要氧氣也能生存，宇宙七武士也同樣，就是土武士手下這批狼戰士和已到月球的熊戰士都是擁有一定的靈力，可以數小時甚至數天都不依靠空氣呼吸。反而我們這批三百名光戰士，由於只是剛剛學曉與萬物連結，所以只有少數人可以短暫不需氧氣，其他人要穿著太空衣作戰，靈活程度肯定是大打折扣。

另外由於月球的地心吸力較弱，不能輕易跳躍奔跑，雖然太空衣有重力調節裝置，但作戰時行動仍需要適應，狼人和熊人的體格遠比人類強，相對影響會較小。我提醒各戰士作戰時要儘量多用靈巧，而少用力量。我亦教導他們如何使用靈力把自己緊釘在地上，又如何借用靈力加強跳躍。為了在月球表面作戰，太空衣除了加裝了重力調節裝置，還特別為他們設計得更輕便，並配以太空摩托車以便他們作戰，這種太空摩托車並不是地球上雙輪著地的一般摩托車，它更像一部放大了的航拍

機，有 4 個或 6 個螺旋槳用作推進，而且這些螺旋槳可以改動方向。只是這種太空摩托車原是設計在地球上使用的，由於月球上沒有大氣氣流，所以現在這些摩托車亦配備數個小型噴射氣鼓方便推進。這些摩托車不能飛到太高，但勝在靈活，極適合地面作戰。當然所有人都會用無線電波通訊，但我可以用靈力直接與大家聯絡。

我和摩比各自帶領一隊戰士，熊戰士大部由摩比帶領，但他還是留了五千戰士給我，再加上光戰士的三百人都會歸我指揮。我和摩比分頭作戰，摩比會留在太空中主力殲滅敵方的太空船，而我則在月球表面迎戰土武士。由於狼人大軍的太空船一共有六七百艘之多，防衛軍的太空船和摩比的太空船總數還不足二百艘。而防衛軍的核彈及殺手衛星數目亦是有限，所以摩比和他的族人會用他們的太空船協助我們消滅狼族的母船艦隻，避免他們進襲地球。我身為誘餌，我會率領五千熊戰士和三百光戰士在危海對抗狼人大軍。至於地球防衛軍也會駕駛小型太空船及用上大量無人飛船支援我們作戰，李宏基上將的軍士就在危海外圍支援。

果然不足半小時，當狼人的太空艦隻飛近月球時，我感應到土武士的靈力越來越強大，當然他亦會感應到我和摩比的存在，特別是相對較近的我。我們已靜待在最近危海的基地，只待土武士和他的軍隊抵達後，我會先帶三百光戰士和三千熊戰士直接迎戰。原定計劃中，當我們離開危海後，就會發動核彈攻擊。為避免三位上將提早發射核彈，所以出發前我警告了

三位上將，說已知悉他們的陰謀，他們也大吃一驚，我留下了十個光戰士及十個熊戰士在總部指揮室監視他們，不讓他們亂動，又把安娜留於總部指揮二十位戰士，並作通訊協調。

戰爭一觸即發，但就在此時，我突然收到鬼塚從地球傳來的信息，說已找到我要找的人。原來我當初給了他兩個名字，要他幫我尋找他們的下落，第一個名字是咸美頓，結果我沒找到咸美頓，卻找到安娜。另一個名字就是西門費特，之前也一直沒有消息。想不到在大戰前夕，竟然傳來找到他下落的信息。在這信息中，鬼塚跟我說，他已找到費特所在之處，只是費特這刻正偷了一艘小型太空船，似是要離開地球到太空某處，只怕他一離開地球，就難以再追蹤他的行踪。

聽著我甚為著急，這危急關頭，我如何能一走了之。但若我不立刻追趕，恐怕費特進入了太空後，我就再難以找到他。又或是他要在狼族入侵地球前投奔狼族，若是這樣，他有狼族的保護，我同樣難以殺他報仇。

我內心掙扎，不知如何是好，但剎那間媽媽的死狀湧上心頭，也混雜了偉特死在我眼前的片段。這刻我全豁出去了，拯救地球從來都不是我願意承擔的責任，對我來說，報仇雪恨才是我人生最大的意義。

我立時去基地一端，駕走一艘小型飛船要去追截費特。原本我想悄悄地走，哪知我離開前還是撞上盧卡斯，他連忙問：「這刻你還要去哪裡？」

「我要去視察敵軍，很快就回來，你們先到戰場上等

我。」我急於離開，就胡吹亂說。

「你要小心呀！」盧卡斯急忙對在飛船中的我呼叫。

接著我就駕著飛船離開。離開時望向盧卡斯，我心裡湧出歉疚，我不敢再望，轉而去想，費特快要死在我手上，那時必然會快意恩仇。

鬼塚再次傳來新的信息，果然西門費特真的要逃離地球，他已坐上飛船離開地球，但他才剛離開，只要他還離開地球不遠，鬼塚仍然能追蹤他的軌跡，並會不時傳送他的新位置坐標給我。

我駕著飛船離開，朝著鬼塚傳送給我的坐標進發。不出十分鐘，我已接近目標飛船，並已能目視它。我把飛船的激光武器對準費特的飛船。這些小型飛船都配有武器裝備，只是所配備的武器較為簡陋，當初我選擇小型飛船，不是考量它的武器裝置，而是它較輕盈快速。這種小型飛船只有一支輕型激光炮，火力不算強大，而且每次發炮後都要充電，不能連續發射。

很快那飛船已進入我的射程範圍，我急不及待按下發射按鈕，哪知就在我按下的一刻，那飛船竟然突然加速，原來西門費特的驚覺性甚高，當我進入了他視線範圍內，並向著他加速飛去，他就驚覺我來意不善，立時加速想逃去。

由於他突然加速，我的一擊只僅僅擊中它的尾翼，造成小許損毀，但仍無礙它高速前進。我一擊不中，急忙追截，並立刻充電以準備第二擊。我越飛越近，就在接近時，我透過駕駛

室的玻璃窗已能望見對方，這塊能透電的玻璃是一塊可觸控的儀表板，沒通電時就只是一幅普通的玻璃窗，我從窗中望去，甚至可看見到對方的容貌，這個西門費特是一個蓄著鬍子的普通中年人，由於是坐著，我也不能確定其身高，但遠望過去其身材看似魁梧。這刻我和他對望著，他的樣貌雖平凡，眼神卻凌厲，但我肯定我的雙目這刻必定更具殺氣。

就在這一望過後，我的飛船已追到他的正後方，確保我充電完畢後能準確打中他。他的飛船很輕巧，看似沒有戰鬥裝備，但看來比我的飛船更為快一點，所以我必需把握第二擊，若第二擊也未能擊中，恐怕就會給他逃去。

我正自著急充電還要半分鐘才完成，這段時間我必需要緊跟著他，以確保能在近距離擊中他。這刻我不禁在心中倒數，我在十數秒後就能復仇，因此這刻我全身的血液都在翻滾。

就在這刻通訊設備傳來狼人大軍已進入攻擊範圍的消息，前線急問要不要開火攻擊，並且他們都在追問我的所在處。因為我作為魚餌，是整個作戰計劃的中心，沒有我，計劃就會全盤落空。我內心歉疚，但這刻已顧不得別人死活，全心只在意復仇。

我心中倒數：十、九、八、七……就在復仇在望之際，前方的太空船突然急射出逃生倉！由於太空船正高速前進，它射出來的逃生倉就反方向的向我正面射來。由於我跟得太貼，實在無法避開這急射而來的逃生倉，我的飛船被撞後不斷打轉，不少儀器和激光炮肯定已受到一定程度的損毀，但我沒有檢視

儀器及儀表，反而呆坐著。因這一刻，我耳邊不斷響起「就是我可能會死，我也會盡全力保護我所愛的！」這句話，突然間讓我的思緒回到很久以前。

在我小時，我們一家四口有次要到遊樂園玩耍，我們正駕車到樂園去，在車上我和媽媽坐後座，爸爸駕駛，哥哥就坐在他身旁。在車上我和哥哥爭辯要先玩哪款機動遊戲，哥哥嚷著要坐過山車，我卻想玩別的機動遊戲，爸爸在旁微笑，媽媽則不時提出異議。哪知我們言談甚歡之際，對面迎來一輛大貨車，在它之後的車子因為心急而越線超車，由於和我們的車相距甚近，看來兩車肯定要相撞。

哪知就在兩車快碰撞前的一刻，媽媽竟然解開她的安全帶，一個彎身環抱著我。雖然爸爸已全力轉向，但結果兩車仍然相撞。媽媽因為解除了安全帶，結果在猛力撞擊下，斷了數根肋骨，並且撞車時碎裂的玻璃碎向我飛濺而來，全都被媽媽擋住，插在她的背上，她的肩膀和胸背都受到重創。結果我們四人，只有我一人沒受傷，那次媽媽足足在醫院住了兩星期才回家休養。媽媽在醫院留醫時，爸爸說她的行為太危險魯莽了，記得那時媽媽說：「就是我可能會死，我也會盡全力保護我所愛的！」

因當時年紀太小，這件事我本早已忘了，但這刻的碰撞竟使這事重現在我的腦海，並且在猛力撞擊下，本掛在我頸上的十字架也從我衣領內飛出。瞬間，或許我仍然憤怒，但我的仇恨、內疚被愛所掩蓋，我再無懸念，我相信媽媽若身處於我的

境況，必定不會在危難時，捨棄自己所愛或愛自己的人獨自離去。我這刻突然想到媽媽應該更想我保衛地球多於為她復仇，況且這刻我心中的確有我想守護的人。

霎時，我把十字架握在手中，把仍在旋轉的飛船穩定下來，不再旋轉。只見費特的飛船已遠去，沒想到他竟然那麼狡獪，利用逃生倉彈射作為武器。這刻若全力追趕，也未必能趕上他，或許他仍會在我的射程範圍內，但我已決定回頭赴戰。我不知道飛船的攻擊系統是否損毀，但可幸推進器仍表現正常。

我心中默禱，希望將來能手刃仇人，更祝禱我能幫助地球打勝狼人大軍。我立刻在通訊器說：「你們先到危海，我片刻即至！」

第十三章
月亮之戰

　　轉瞬間，狼族的土武士和他的近身部隊已坐著小型飛船來到月球的上空。本來這刻應是烈日當空，從地球反射來的陽光異常猛烈。但他們的太空船及眾多的小型飛船就如滿佈天空的蝗蟲，把天空重重遮蓋，竟把當空烈日變得陰暗。這樣的情境，防衛軍眾人一生從未見過，敵人之多、之強，大家都不禁膽怯。

　　就在大家膽怯的時候，我悄然而至，我的到來再次令大家士氣大振！畢竟我追截費特之處和危海相距並不太遠，現在想來或許費特真的是要去投靠狼人大軍。這刻我看著滿天密布的狼人大軍，實在不知究竟有沒有勝算。我的心稍稍一沉，但我作為領軍者，絕不能示弱。既然我決定重臨戰地，我早已置生死於度外，我已捨棄了他們一次，我絕不會再捨棄他們。此刻我眉向上揚，傲氣豪生，不再多想，專心應戰。

　　本來狼族可以在大型飛船中遙距用激光炮攻擊我們。但正如摩比預測，驕傲的土武士必定會想親身打敗我，甚至活捉我——光武士。因此他會捨棄火炮飛船，御駕親征。我們這刻亦不會對狼武士的太空主艦隻開炮，因為要攻破他們飛船的鐳射炮防禦系統及保護罩，近距離用核彈攻擊才更有勝算。但他

們的主艦又有其它較小艦隻保護，防衛軍的太空戰艦根本不易接近。最大勝算還是直接擊殺士武士，所以必須讓他登陸月球，再近距離核爆才能發揮最強殺傷力。不久他已在離我們不出五公里處，雙方軍隊屏息以待。這刻我和狼武士甚至可遙遙對望，他們繼續以小型飛船接近，戰事一觸即發。

轉眼間狼人大軍已登陸月球，兩軍對峙，雙方的士兵大部分都是騎兵，我方騎的都是太空摩托車，他們則是小型飛船，也和我們的太空摩托車相若，但卻沒有螺旋槳，而是裝有噴射引擎。在月球上難以步行作戰，所以雙方都沒有多少步兵。狼武士由於心存驕傲，亦沒有帶太多軍隊著陸，只帶了三萬人。人數上我們雖然吃虧，但總算不至過於懸殊。

這刻兩軍就在危海對峙，戰事如箭在弦，我知道一刻前我才是逃兵，我實在沒資格帶領大家。由我激勵大家，更是有點荒謬，甚至無恥，但我也不再悔疚，也不再逃避，保衛地球的心意終於堅定下來，只決定要拼死一戰，與大家生死與共。為了激勵眾人士氣，我對眾人說：

「我知道大家都恐懼，我也同樣恐懼。數天前大家才跟家人道別，但今天或許我會死在戰場，或許你也會死在戰場，或許大家已沒法再與家人相見。但地球上有我們所愛的人，有美好的事物，有美好的回憶。大家的父母、兄弟、朋友，大家所愛的人會因我們的死而存活。昨天若我死了，世上沒有人會懷念我，但今天我們會改寫歷史，後世將會永遠懷念我們。今天你可以選擇退縮逃走，像微塵般在亂世逃生，但我情願戰

死，成為歷史中的巨人。地球或許總有一天會毀滅，但絕不會是今天！或許我會沒有明天，但今天我要挺起胸膛，絕不會退縮！」

霎時大家都呼應：「我們都不會退縮！」

說罷，對面陣上的土武士已把激光狼牙棒一揮，狼戰士大軍就如潮水般向我們直撲過來。

我也揮動激光劍，並率先駕著戰車衝了出去，我們就這樣展開了月球史上的第一次大戰。我第一次和狼人作戰，本來也有點戰戰兢兢。但我第一劍就把一頭狼劈開成兩截，雖然或許沒有擊中心臟，但身首異處的狼已沒有作戰能力。只見狼身脫離狼頭後，仍在地上亂抓，摩比曾說過身首異處的狼在他的血液流乾後，就會心臟衰竭而死。

我一生除了閉月，沒有殺過任何人，就是面對狼人大軍，除了殺我媽媽的那位狼人，其他的我本也沒打算殺害。但此刻我知道是在打仗，而不涉及私人恩怨，實在已不容我思考、不容我憐憫。劍術本是我的強項，我駕著太空摩托車，把劍耍得圓圓渾轉，左刺右封，橫斬直劈，所到之處可說是所向披靡，不斷有狼戰士倒下。激光劍在我手下的威力，連我也嚇了一跳。

一刻間我想已有過百的狼戰士倒在我的劍下。但我回頭一看，果真看見亞祖安、盧卡斯、積遜、奧祖和伊薇特五人能擊殺一些狼戰士，但其餘的光戰士有些只能自保，有些還未及三招兩式已然敗亡。熊族戰士戰力雖強，但也有不少倒下來，轉

眼間三百個光戰士中，恐怕已有三、四十多人傷亡。

　　我心裡一面焦急，一面難過。但狼人從四方湧至，我們本來就是以一敵十，以寡敵眾，要減少傷亡，我不能再留有餘地。我急忙再揮劍擊殺狼戰士，片刻又有數十狼戰士身首異處倒在我劍下。但狼戰士仍是源源湧上，殺之不盡。我乍看一眼，狼族的土武士就在我正前方不遠處，看到他舉手間已將三位熊戰士擊殺，我就知道他絕對是個勁敵，我不知我能否力敵。但擒賊先擒王，我想若能打敗身為首領的他，狼人大軍或會撤退敗走，核彈對我來說只是最後的選項，因為無論己方怎樣撤走，接戰中總有些未能及時撤退的，就會葬身核爆之中。我要減少我方死傷，就一定要打敗土武士。他本來亦是騎著小型太空飛船的，但此刻他已走下飛船四處埋身撲殺，眼見他異常靈活，月球較少的地心吸力好像對他絲毫沒有影響，可幸的是我自信會比他更靈活輕巧。

　　我曾與熊族的寒武士、龍族的水武士和鷹族的風武士對戰，每次我都戰戰兢兢，反而這次我一往無前，並不是我輕視土武士的實力，而是因為這次不涉及私人比武或恩怨，而是為了地球興亡，單單在我面前就已有三千三百條性命，所以就是殺母大仇和細威、成浩的仇，我此刻都已拋在一旁。

　　我急忙把摩托車駛至土武士的跟前，直撞向他。哪知他竟然不閃不避，把他的狼牙棒當頭一捧揮下。土武士用的是激光狼牙棒，這激光狼牙棒，就像一支粗大的激光棍棒，比劍足足粗了七、八倍，而且還有十數支小激光從主棒身分叉出來。

他一棒打下來，我的摩托車前部就被擊至完全粉碎。我急跳起身，跟著一劍向他橫劈。哪知他仍是不閃不避，仍舊的一棒向我直擊下來。

他一棒打下來，而他遠比我高大，手也較長，我的劍還未劈到，他的棒會先打中我的身體，所以我要急忙變招。我急著地側身向左，環繞著他順時針疾走，再次向右側橫劈一劍，哪知狼武士只是稍稍轉身，仍舊的一棒擊下，這樣仍會是我先中棒。我再次要變招出擊，再次繞著他疾走，同樣的向右再劈一劍，但還是得著相同的結果。轉眼間我已圍著他轉了一圈，一連劈了十二劍，土武士就輕輕轉了十二次身，揮了十二次棒。雖然這看似交了十二招，其實也只是過了不足一兩秒且已。土武士的狼牙棒是綠色的激光，而我的激光劍卻是黃色，綠光和黃光就交織成兩個光圈，一大一小，煞是好看。

我眼看連環劍劈也無法得手，就轉而揮劍直刺。如若他這次舉棒再直打的話，我的劍就會先刺中他。果然他也同樣變招，這次他把狼牙棒橫放於胸，然後向我揮棒橫劈。瞬間劍棒相交，發出隆然巨響。土武士臂力極強勁，我立感到手腕酸軟，我不敢再硬碰，不等一劍刺盡，就向右踏前再刺，我一邊刺一邊圍住他疾走轉圈，不過這次是逆時針的轉，轉的期間我又連刺了十一劍，他也同樣的格了十一棒。本來第十二劍我理應順勢再逆時針轉回原點，但我突然後退回到之前的位置。土武士不虞有詐，卻是收勢不及，稍微逆時針的轉，就在那電光火石間，我找到了一絲空隙，跟著一劍凌厲刺出，一劍正中土

武士。

　我一劍得手，正待為戰勝歡呼，哪知土武士雖然流著綠血，卻竟好像完全沒事般，轉身用狼牙棒向我直揮過來。我過於輕敵，以為一招得手就勝利在望，就慢了腳步。我慌忙舉劍一擋，這次大家都奮力一碰，這是百分百力的較量，「嘭」的一聲。以力量計算，我立時被比了下去，我的激光劍險些就被擊得飛脫。我剛擋格了一棒，他又再次連環棒下，我只能勉力抵擋。我本待退後閃避，但土武士一棒比一棒更快的擊下，我完全無法抽身，只因一時疏忽就落於下風。

　土武士完全沒有給我喘息的機會，不但加快了攻擊速度，也加強了力度。我在擋下了七連擊之後，雙手已甚酸麻，一口氣喘不過來，撒加怎會錯過這大好機會，迅雷般打下第八棒，劍棒相擊，發出砰然巨響，我的激光劍被擊至飛脫。而激光棒沒有減緩之勢，一棒繼續打下來，恐怕我會身受重傷。

　就在這關頭一把激光斧橫空而至，擋住激光棒的一擊，正是捷達高魯及時來援。我立時用靈力把劍拾回，趁勢夾擊土武士。

　此時捷達高魯跟撒加硬碰硬，而我則在捷達高魯身旁左穿右插伺機攻擊，果然兩人合力之下，很快我們就稍佔上風。撒加性格甚是驕傲，他的部下絕不敢隨意插手幫忙，也因此這刻我們才有以二對一的優勢。其實撒加的臂力驚人，靈力超卓，捷達高魯雖然比我強壯，但若要硬拼亦絕難以抵擋。只是我在捷達高魯左右伺機進襲，以至撒加每一擊都只能用七成力，

要留有餘力提防我偷襲進擊，亦因此捷達高魯才能跟他打過平手。

不一會雙方已過招數百，我留意到撒加攻擊的力量雖強，但招式就相對簡單，而且久不久就重複。他最強的招數就是把狼牙棒舉頭雷霆一劈擊下，威力真可開山劈石。但他每次使出這招，當雙手高舉時，腋下就會露出破綻，只要乘勢急刺他腋下，就可順勢劈去他一臂。但之前我與他單打對戰之時，就是被我發現了這弱點，也肯定無法把握。因為即使我比他更快，能出劍刺中他腋下，能被我劈去他的手臂，他別一手握棒繼續擊下，已肯定能打得對手腦漿四溢。但這刻有捷達高魯擋住他下劈一擊，我就能把握這機會。

跟著我觀察到撒加的招數重複之處，他每每以狼牙棒當胸橫掃，稍稍迫開敵人，跟著就會舉棒當頭擊下，所以我只要待他再次把棒當胸橫掃，就是我直刺他腋下的時候。

果然不一會兒，撒加又再把狼牙棒橫放於胸，準備橫擊，我不動聲色，準備攻擊。哪知就在我快要攻擊的一刻，突然聽到伊薇特和奧祖的慘叫聲。原來他倆分戰雙雙落敗，伊薇特劍被擊脫，奧祖更受傷不輕。情勢危急，既然土武士的招式會重複，打敗他的機會可以再等，但伊薇特兩人絕不可以等。我一劍飛擊，正中要襲擊伊薇特的狼戰士，跟著急飛去奧祖身旁，並以靈力取回激光劍，與他們對戰的狼戰士都是強手，但我還是用了十多劍就解決了奧祖的對手。這時伊薇特已取回激光劍，向我和奧祖這邊走過來，盧卡斯也過來援助。

我解除了他們的危機，立時就想回去幫助捷達高魯。哪知我才轉頭一看，捷達高魯在撒加連環重擊之下已抵擋不住，只見捷達高魯只能跪在地上全力抵擋。我大驚疾呼，急飛回去，但還是親眼看著撒加當頭向捷達高魯打出致命的一擊，這重擊不但打碎了捷達高魯的激光斧，還打碎了捷達高魯的頭顱。我極傷心，全力一刺，撒加把棒下挑，勉強擋住我的一擊，但卻連退了十步。我抱著捷達高魯的屍體，極度悲痛。捷達高魯在我危難之時救了我，我卻不能在他危難之時救回他，我禁不住眼眶滿是淚水。若不是大敵當前，我肯定會抱屍痛哭。但我知道若我沉不住氣，就只會兵敗人亡。我知道剛才一劍未中他的心臟，對他的傷害不足以致命，要贏此戰，我得要擊中其要害。我勉強自己冷靜，明白到我這刻還是不能跟他比拼力量，只能跟他鬥靈巧。

　　於是我再次遊走，左閃右避，不跟他正面交鋒。但轉眼間，我已看到又有不少熊戰士倒下，於是我繼續圍著土武士遊鬥，但在轉圈同時，我所到之處，攻擊重點反而不是土武士，而是四周的狼戰士。我不停擊倒與我接近的狼戰士，所以我轉的圈越轉越大，也越轉越快，瞬間我已擊倒數十狼戰士。也因此四周存餘的狼戰士和熊戰士離我們兩個越來越遠，就好像在人堆中劃出了一個大圈，而這個大圈中只有我和土武士兩個在正中央對戰。

　　就在我倆僵持不下之際，由於兩軍人數上的差異，我軍漸漸被合攏包圍。如果我們真的完全被包圍，就再難以撤退。於

是我就向天發射訊號彈，霎時天空展現一片紅光。原來我在危海邊緣埋伏了二千熊戰士，防衛軍預先搭建了一些簡單結構，再在其上鋪上泥土，然後各戰士躲在其中，為的是預防被包圍合攏。霎時二千熊戰士衝出來交戰，合攏之勢立破，並且一時間我方多了二千士兵，立時士氣大振。

土狼武士也看出我的企圖，他的力量比我強，卻不及我快速靈巧，既然他的激光狼牙棒和我的激光劍短時間難以分出勝負，他就想以第七感的強弱來分勝負。

光是我主要的能量來源，而土地就是土狼武士的能量來源，任何土地都在他控制之下。土狼武士把狼牙棒往地下大力敲打，突然就地大震動，是極其大的震動，人在其上根本沒法站立得穩。而且震幅越來越大，我看著地表跟著裂開，一條條的大裂縫向四方八面散開，細看這些裂縫裂開後就是一個個的無底深淵。戰鬥中不少太空摩托車都遭到攻擊損毀，所以不少熊戰士，光戰士都要在月球地面上作戰，我看到他們當中不少都墮到深淵之中，甚至連不少的狼戰士也一同墮下。

這地震若在地球上，我想起碼會是七級以上。在地球上，每一級的地震的能量就會比上一級地震的能量高三十二倍。那就是說七級地震比六級地震的能量高約三十二倍，七級比五級的能量比就是三十二倍的二次方，即約一千倍。而七級地震的威力已和 47 萬噸 TNT 炸藥相若，比投在廣島的原子彈威力要強得多。我驚訝土武士的靈力驚人，也興幸以月球作為戰場，否則若戰事發生在地球上，不知有多少人會因此而喪命。而我

更興幸摩比一早警告我們，否則若我們把核彈埋在地下，這刻恐怕我軍會全軍覆沒。

防衛軍的所有核飛彈都會從太空戰艦發射。其實我們的太空艦隻也裝有激光炮，有能力破壞敵方的太空船，但激光炮每發一炮也要費時重新儲電，而且核彈引發的衝擊波威力更強。所以要徹底摧毀敵方的艦隻，核彈更合適。我們在月球表面作戰，摩比就在空中作戰，就是連核彈也未必能打破的防護罩，他的激光斧就有能力劈開，所以他駕駛著小型飛船駛向狼人大軍的艦隻，然後逐一破壞他們的保護罩及防禦系統。

一瞬間，我看到數條大裂縫朝著我的方向急速延至，由於裂縫從四方八面而至，實在是避無可避，輾轉間我就跌入裂縫之中。我剛跌下，土武士就控制土地合攏，只要土地完全合攏，我就會敗陣下來，甚至死亡。就在土地即將完全合攏之際，我從裂縫中激射而出。我還有一個殺手鐧尚未使用，就是飛行。

摩比曾說七武士中，寒武士、風武士、電武士第七感相對較弱，而另外四個的第七感就更強勁。所以此戰，其惡鬥程度，除了與水武士之戰外，相比我之前數次對戰，實以土武士的戰力最強。他能令地殼變動，第七感之強實在非同凡響。此戰實在是我經歷過最困難的一戰，可幸的是我已不再是運用靈力的「初哥」，此刻我的戰力與當初相比實在已不可同日而語。所以我並不畏懼，因為這地震雖極強烈，但我還可以飛到天上。我反而擔心在附近的熊戰士、光戰士和防衛軍，亦擔心

安娜身處的基地及閉月的墓地會否受到影響。

就在我飛出來後的一刻間，三條大裂縫在我腳底下聚合，如若我不快速飛出閃避，恐怕這刻已堆葬在無底深淵之中。飛起後，我並未停下，繼續飛到千呎高空中。

早在與風武士對戰時，我已學曉飛行，這刻施展出來，就比之前更熟練。我本來就比土武士靈巧，現在更可以從四方八面攻擊，就更得心應手。

土武士見各種方面都奈何我不了。他勃然大怒，竟用靈力令土地的震動加倍，霎時地震的級別肯定已超越七級，而且還不止竭，而是拾級而上，原本地震中一般人先感到 P 波（Primary，又稱縱波，令地殼橫向擠壓），繼而是 S 波（Secondary，又稱橫波，令地殼上下震動），P 波比 S 波快到，但震幅和能量都較少，雖然兩波差距可能只是數秒，但一般地震局或氣象局就是借這幾秒來作出預警，若能適時地躲在桌下或屏障下，就能減低傷亡。P 波和 S 波之後就是面波（Surface，在地表傳播的大能量震波，又分作 L 波和 R 波），最後的是尾波，每種波都有少許時間分隔。但土武士發動的地震能量實在太高，我只感覺到所有波都差不多一蹴而至，而震波的能量更直達八、九級。突然間地表在劇震之中裂開，地心物質竟不斷噴出。我一把被這些物質噴中，被撞擊至十數公里之外。可幸我早有這種經驗，雖受到此撞擊，在空中給了數十轉，但我仍臨危不亂，先用靈力穩住了自己，而後在高空乘勢借取光的力量，從千呎高空直撲向土武士。

這刻我衷心佩服摩比的先見之明，若不是在 TY571 中我早接受過類似訓練，此刻我或會立時敗陣下來。其實土武士能令土地噴出地表物質，靈力之強等同天體，他的力量實在比摩比和風武士都強。但因我曉得飛行，所以土地震動偏偏對我並不管用，或許這就正是摩比所說光武士是土武士剋星之緣故，也是為甚麼我是他的死敵、眼中釘。

　　土武士見奈何我不得，當然不甘心，他再次催谷土地，令土地紛紛爆裂，不斷噴出地表物質，就像一個個炮彈的向我轟來。霎時間我只可以左閃右避，如果不是有靈力護體，只要被這樣的一個炮彈擊中，不單只是彈開，這般撞擊的威力可以直接把人撞擊至死，甚至粉身碎骨。但由於我早有訓練，此刻可說是臨危而不亂，在閃避間不斷思索對策。

　　但我在思考對策之時，看到很多熊戰士和光戰士都掉到坑中，或被噴流擊中倒斃，就是狼戰士也不能幸免，我不能再猶疑，要速戰速決。

　　我決定孤注一擲。我拔身而起，飛到高空，迎向太陽，把自己的第七感提升到最高點，竭力吸收太陽光的能量，跟著我俯衝向土武士。

第十四章
愛在危海末日時

　　月球總部看見戰事膠著，大家都著急，跟著地面發生大震動，大家更驚恐，安娜尤其擔心我的安危。但她要監視眾人，所以仍要堅守基地，三位上將被監視，都敢怒不敢言。

　　月球上除了我和土武士在危海大戰，狼人大軍和月球防衛軍的太空戰艦不斷以激光炮互相炮轟。本來整個基地的地基都因著炮轟不斷震動，及後土武士用靈力震動大地，基地更是地動山搖，大家更是擔心戰事會生變。就在此刻突然有一大批狼戰士大軍攻到，本來狼戰士的目標只是光武士一人，但既然土武士不能殺死光武士，他就轉移目標，派遣一部分大軍攻擊月球的基地，要叫光武士分神不能專注對敵。

　　月球總部外面其實早已嚴陣以待，基地外佈滿兵力和大小激光炮，但攻擊總部的狼人大軍不少於一萬之眾，雖然地球防衛軍亦有八千之眾，但當中有不少去了太空艦隻作戰，剩下的留守基地還不夠六千。基地雖裝備了激光炮，但面對狼人大軍，仍是難以力敵，因這批狼人大軍都穿上了特厚盔甲護著心臟，即使激光槍打中了他們，只要不擊中心臟，就未能殺死他們。

　　大家在作戰指揮室只聽到對講機傳來報告：「報告上將，

外圍的八個戰略點已經失陷了三個！不知道還能支持多久，請盡快派出支援！」從攝影機的畫面看到狼人大軍源源而至，戰力又極強，防衛軍難以抵擋，只見各個戰略點逐一被攻破。各個攝影機也陸續被破壞，最後外面的情況只能透過電波通訊知曉。

只一瞬間，地球防衛軍就已落在下風，始終狼人大軍是善於狩獵作戰的部隊，人數又佔優，地球防衛軍只能勉力守住外圍。三位上將在商討如何對策，他們都認為要果斷作出核攻擊，不能再等，他們一致認為只要把土武士殺死，狼人大軍就會撤退。只是安娜率領數位熊戰士一直在監視他們，不讓他們在我們撤退前對危海作出核攻擊。

只過了一會，對講機再次傳來報告：「報告上將，外圍的八個戰略點已經失陷了六個！最後的兩個據點，也快要守不住了，請立即撤退……呀……」報告還未說完，對講機就傳來慘嚎，大家只隱約聽到槍炮聲不斷，就再沒有人說話。

不久，基地外圍據點已盡數失守，基地大門亦被狼人大軍攻破。雙方在基地大堂展開激戰，就是在遠處指揮室中的安娜和上將們也隱約聽到激烈的槍戰聲和人的慘嚎。

大家正在著急之際，安娜還是最關心我的安危，她走到電視熒幕前觀看從衛星拍攝到的危海戰況。就在她全神貫注之際，三位上將互打了個眼色，在桌下按了一按鈕，一塊鋼板快速落下，把指揮室一分為二，分隔三位上將和安娜及一眾戰士，而且鋼板還不止一塊，而是三塊，這本是設計用作困住摩

比的，而且這房間還配有迷暈煙霧，當然這刻沒有噴出。安娜大吃一驚，急忙想打開鋼板，但卻完全沒有辦法，即使熊戰士和光戰士利用激光武器砍向鋼板，但鋼板的厚度實在太厚，他們激光武器的威力又遠不如我和摩比的，所以即使鋼板有些許損毀破壞，但要完全砍開實在要一點時間，而一兩分鐘已足夠三位上將逃走。

此刻在廣播器傳來馬菲斯上將的聲音，說：「現在戰事緊急，這不單涉及月球上過萬人的安危，更是牽涉到整個地球的命運，我們沒有選擇，只可以作出核攻擊！當然我們真心希望光戰士部隊不會因此犧牲，但時間迫切，要救地球，就要殺死狼武士，就算有所犧牲亦沒有法子。我們不是出賣大家，而是作出必要的犧牲。費多羅夫斯基上將的核戰部隊已經出動，10分鐘後就會作出攻擊，希望10分鐘內光武士可以殺死狼武士以解除核攻擊，這10分鐘的延遲已是我們最後可以為光戰士們做的事情。這基地極可能也會因核攻擊而被摧毀，在基地後方有小型太空船，你們也準備撤退吧！我們亦會留下一艘太空戰艦在月球後方上空讓你們撤退，如果大家都沒有死，我們在地球再見吧！」

熊戰士終於劈開了數塊鋼板，安娜連忙與眾人趕到基地後方，臨行前十位熊戰士說：「熊族人就是戰死也不會逃走的，你們趕快離開！」

十位光戰士眼光互望著，中間一人說：「能和熊族一起作戰是我的榮幸，我會和你們一起並肩作戰到底！」一瞬間有七

位留下作戰。這七人向安娜說：「快走，我們為你爭取時間。」

安娜內心激動：「大家保重，要留住性命再見！」說罷就帶著剩餘的人走到基地後方，分批上了小型太空船，當然各位上將已經離開了，登上防衛軍的宇宙戰艦。安娜堅持自己駕駛一艘飛船，大家雖然感到奇怪，但也沒有阻止，當出發時，安娜竟然是掉頭而走。

安娜要去的地方不是宇宙戰艦，而是危海。

回說危海之戰，我決定孤注一擲，傾盡全力撲擊土武士。其實我知道縱然我的第七感已發展得不錯，但靈力上仍及不上土武士，我能打敗寒武士、水武士和風武士，某程度是他們都留有餘地，並非以性命相搏。但此次，我與土武士相鬥，卻是以性命相搏，情況不可同日而語。我深知我並沒有把握打敗他，短時間內就更難辦到。

我決定要以核武器攻擊。其實當我升到高空吸收太陽光時，我看到熊戰士和光戰士已有多人戰死，原本的五千三百士兵，現在只剩下不足二千人，外圍支援的防衛軍亦死傷枕藉，當然狼戰士都同樣死傷不少，但數量上仍然佔優，小說的還有約萬人。這刻雙方的太空摩托車和小型太空飛船大多已被破壞，雙方大多都是以步兵形式作戰。熊戰士和光戰士已經被狼戰士團團圍住，難以全身而退。這刻我看到那個叫偉倫的年青人在奮力戰鬥，沒想到他竟然能支持到這一刻，但在我希望他還能支撐下去之際，我就看見一位狼戰士一棒把他的劍連手臂擊斷，看來他也難以活命。我頓時想起偉特、細威、成浩的死，

也想起媽媽的死，他們每一位都信任我，但每一位我都沒能保護。霎時我雙眼通紅，內心裂痛，我咆哮呼嘯，下定決心就是死也要保護眾人，我奮力借取周遭所有的靈力，然後決定孤注一擲。

在我俯衝向下時，我停在距離土武士數公里之遙，然後竭力燃燒我的第七感，運用全部靈力把所有熊戰士和光戰士一併的提到空中，他們突然被提到空中，全部都有點不知所措，但我已沒時間再多作解釋。我把所有己方戰士都提到空中，並且一口氣要把他們送到數十公里之外的地方。其實以往我只曾嘗試控制登陸船、海上翻轉船和民航飛機等經驗，現在竟要一次過把近二千多個會移動的活人以隔空取物的方法移動，我也不確定我能否做得來。但我總得冒險一試，想不到竟然有意想不到的效果，保羅的話再次出現在我的腦海中，「只要你的第七感發展成熟，那麼就是大如山岳的物件你也能挪移。」

我瞬間把千多人一併移走，但土武士當然不會輕易放過我，他不停的令地表擠壓，不斷向我噴出土壤。為避開他的炮轟，我毅然向著上空高飛，由原本離地數公里至離地數十公里，在那裡土壤炮彈的威力漸減，反之我接收的陽光就越多，把眾人的轉移也越穩定、越快速。我決定要把千多名熊戰士和光戰士一併帶離戰場，只要所有防衛軍都離開戰場，就可以作出核武器攻擊。

漸漸眾人已被帶到約十多二十公里外，我還待再送更遠，但土武士見炮轟對我起不了任何作用，雖然不明白我要送走眾

戰士的原因，但想來應該有後著計謀。於是他就用他的靈力阻撓我再把眾人運送，在我與他的靈力拉鋸之際，熊戰士和光戰士紛紛從空中墮下，但我仍勉力把大部分人送到約二十公里之外。此刻我只能相信他們的靈力足以保護自己，之前我亦曾教授過他們如何做出自己的防護罩，這刻只可以願靈力與他們同在。

我用靈力連接上馬菲斯上將，叫他們立刻作出核攻擊。我還要稍留片刻以牽制土武士以防他逃走，只要核彈一到，我絕對能在極短時間內飛走。

馬菲斯雖然不知道我為甚麼可以鑽進他的腦袋召喚到他，但就毫不猶疑發出攻擊。就在核彈快至，我將要飛走之際，我突然見到一艘小型太空船直闖飛入戰區中，它以高速直飛進去。其實整個主戰場約方圓近二十多公里，只一刻這飛船就由外圍低飛至離中心的土武士約三公里處，那小型太空船還待再向前飛，但卻因被地表大炮連環炮轟擊中而遭到損毀，就在離中心約三公里處降落地面。跟著我看到飛船立刻遭到狼戰士大舉圍攻，飛船的玻璃外殼被打破，我看見一個人穿著太空衣，拿著激光槍走出飛船外與狼戰士激戰。

只一眼間，我極害怕這人就是安娜，我用靈力呼喚那人，那人立時望向天上，說：「是光哥哥嗎？」其實正因為戰區中漫天炮發，所以安娜一直沒看到在空中的我。但就是她這麼一望，她的激光槍就被狼人一掌拍走，瞬間已落入險境。

我已感覺到核彈在我背後飛來，相信不出數秒就會著地爆

炸，這些是直接從宇宙戰艦射出的，亦只是第一波攻擊，我肯定跟著還有第二波、第三波。

我沒有信心能在數秒內把安娜送到安全之地，特別現在還是漫天炮發。我別無選擇，只能第一時間飛向安娜，用激光劍連劈數劍，把她附近所有狼人悉數擊殺，一把將安娜擁入懷中，希望以我的身軀保護她。我看著太空衣內的她，只見她雙目無所畏懼，反而看著我滿是喜悅，說：「光哥哥，你上次問我的問題我今天答你，我早已選擇了你，不會再選擇別人！」她知道大家都命懸一線，不願再隱瞞心意。我心情激動，也不再多想，隔著她的太空衣吻下去，她也迎上來，隔著太空衣的玻璃面罩與我擁吻。這刻背後核彈已爆發，就算我帶她立時飛走，恐怕還是躲不過衝擊波，我索性築起保護罩，包裹著我們兩人，心裡全豁出去，想著若是要死，就一起死吧！

背後轟轟聲不絕，保護罩遭到爆炸的衝擊波衝擊，我感到保護罩受到擠壓越縮越小，我緊擁著安娜，或許保護罩最終會抵受不住，但此刻保護罩外是天崩地裂，保護罩內卻是天荒地老。或許下一刻世界就會末日，但這一刻卻是屬於我倆的永恒。

我背後的爆炸一個接一個，我實在不知道馬菲斯上將用了多少個核飛彈。衝擊波、核輻射和光輻射不斷衝向我，我已無計可施，只能豁盡全力抵擋，若果這時勉力飛行，恐怕我會難以兼顧，防護罩或會出現漏洞，那就更難保護安娜，所以我堅守著保護罩，不敢貿然行動。我在剛開始抵擋爆炸時，不久就

有點虛脫的感覺，但時間越久，我反而力量越增，防護罩也越來越強勁，原來爆炸的強光和能量，不斷湧向我，我漸漸感到全身各處都有力量湧進。我的防護罩由起初的越縮越小，漸漸反而越擴越大。

一刻擁吻過後，我知道要速離此地，我不知道防護罩能否隔絕輻射，我想自己並不害怕輻射，但只害怕會影響到安娜。

但由於我的力量增強了，核爆的威力再也不能阻撓我，我擁著安娜急飛向上，不一會已離地數十公里，我向下一望，在危海正中央的狼戰士應已全軍盡墨，但我完全看不到土武士的屍首。在外圍的熊戰士和光戰士，我看不清有多少傷亡，只能盡快趕回來，以察看他們的生死。

我一股腦兒帶著安娜飛向宇宙戰艦，此時所有地球防衛軍的戰艦也連珠炮發，發射眾多飛彈及激光炮轟向狼人大軍的太空船作出總攻擊，雙方正展開激戰。我一刻間已飛到摩比熊族的太空船，在這裡安娜應該會安全。

在太空艙內我把安娜放下，我想立刻回到危海，我向安娜說：「我要回去，我不能留下眾人，把他們置之不理。」哪知安娜一把拉著我，我還以為她不容我回去。但她卸下她的太空衣頭套，只說：「我明白，你一定要回來，你若死了，我也難以獨活！」說罷她迎著我吻來，我也擁著她深深一吻。

一分鐘過後，我們都依依不捨，但兩人都知道我有更重要的事要做。我立刻就飛走了，臨行前我用靈力囑咐摩比照顧她，也得著摩比的回應。

我轉眼就回到危海眾防衛軍身邊，我看到當中還有約四百人生存下來，當中有約三百多名熊戰士，光戰士竟然也還有約八、九十人，這些人都是靈力較強的一批，才能生存下來，他們以保護罩保護他們撐過了這一劫，並且因禍得福，有不少都能進化至下一個階段，生出了 X 核鹼基，有些甚至出現了 O 核鹼基。

可惜的是原來的五千三百人只剩下這四百人，就連隨我在危海出戰的熊族第三號戰士捷達高魯也在危海陣亡。我心裡又是難過，但又為能生存下來的戰士感到高興。我召喚太空戰艦派出小型太空船著陸接走地面眾人，然後游走四周尋找土武士的屍體，沿途見到不少狼戰士只是受了傷，一時還未死去，他們亦有些生還的同樣在爆炸中得到力量，我全部一一都解決了。其實那四百戰士之所以能夠幸免，全都是因為我把他們送離開爆炸區二十多公里外，爆炸力大大減弱了，否則恐怕還是會全軍盡墨。

我始終找不到土武士的屍體，莫非已炸至粉身碎骨？我唯有飛回摩比的太空船，臨到前我遠遠望向第谷坑閉月的墓園，隱約看到損毀，但整體還總算保存下來，我沒空看清楚閉月的墳墓有沒有遭到破壞，但我知道我會再回來的。

一刻我回到摩比的太空船，看到雙方戰艦互相炮轟，互有損傷。但由於沒有土武士的領導，敵方士氣大大受挫。雖然我方戰艦數量較少，但反而漸漸佔了上風。我看到摩比駕著小型飛船接近敵艦，然後用激光斧破壞對方太空船，眼看他只是十

數斧就把整艘敵船劈至斷裂，而核飛彈及激光炮亦破壞了對方不少艦隻。我也飛去加入戰團，眼看敵方戰艦不斷被摧毀，但他們還是前赴後繼的進攻，我和摩比都不停的進攻敵艦，令對方傷亡慘重，希望他們徹底敗走。

就在此時一艘小型太空船靜靜的離開月球表面，在敵方艦隊護航下駛向敵方艦隊。只見飛船剛與敵方艦隊會合後，狼人大軍就全軍撤退，召集剩餘戰艦一舉後退。由於我方都死傷不少，所以摩比下令不要再追擊，也召集眾人退守月球上空。

原來就在核彈爆炸前的瞬間，土武士令地殼分開，自己跳到地殼深處，再令地殼合上，由於大地的保護，他雖然受了重傷，但並不致命。土武士受傷不輕，靈力大減，躲在地底我亦無從察覺。在我離開月球後，他就從地底回到地面，再召集飛船接他回到艦隊。正因為要避免我們對他追擊，所以縱使他的艦隊被我和摩比連連破壞，他們仍前赴後繼的猛烈進攻，為的是要轉移我倆的視線。

我方看見敵方大軍越退越後，本來都想著勝利終於降臨。但我和摩比此刻都已再次感應到土武士撒加的靈力。

「想不到這戰竟然未竟全功！」摩比說。

「是我太大意，放虎歸山，但他們會就此撤退嗎？」我問，畢竟他們的太空船已由六百多艘減至二百餘艘。

「肯定不會，撒加不會空手而回的！」

跟著這天我們兩軍隔得遠遠的互相對峙，我軍雖說大勝一仗，但亦有大量傷亡。地球防衛軍必需重整旗鼓，所以馬菲斯

上將等人已回到地球。安娜對他們的行為仍然不忿，但我跟她說，大敵當前，還不是追究的時候。

「若不是他們的核攻擊，我可能還未敢面對自己對你的心意，馬上將三人雖然可惡，但也可說是我們的紅娘！」我說，並伸手輕輕拖著安娜。

「那我們回到地球時，豈不是要請他們吃飯喝酒，感謝他們？」

「那也不用，只是暫且放過他們。」

「待戰事結束後，就把他們捉來堆雪人吧！」安娜頑皮的一笑。

我擁著她，望向太空艙外的地球：「希望狼人大軍會在重創後撤退，讓地球可以平安無事！」

但我懷中的安娜此刻只在乎我倆。縱使外面的軍情還是相當的緊急，但我們此刻就靜靜的擁著，望著窗外明亮的地球，享受片刻的安寧。

突然摩比用靈力急急召喚我。

「我猜得沒錯！撒加並沒有放棄，只是轉移攻擊目標，他們全部艦隊這刻正緩緩駛向地球！」

NOVEL 132

書名：	光與暗之戰 2 ——月亮之戰
作者：	火幻光
編輯：	吳苡澄
封面插圖：	小茶
內文設計：	4res
出版：	紅出版（青森文化）
	地址：香港灣仔道133號卓凌中心11樓
	出版計劃查詢電話：(852) 2540 7517
	電郵：editor@red-publish.com
	網址：http://www.red-publish.com
香港總經銷：	聯合新零售（香港）有限公司
台灣總經銷：	貿騰發賣股份有限公司
	地址：新北市中和區立德街136號6樓
	(886) 2-8227-5988
	http://www.namode.com
出版日期：	2022年7月
圖書分類：	科幻小説
ISBN：	978-988-8822-02-7
定價：	港幣98元正/新台幣 390圓正